Peter Faszbender

Am Grunde des Glases …

… und über den Tellerrand hinaus

Peter Faszbender

Am Grunde des Glases …
… und über den Tellerrand hinaus

Kurzgeschichten

Bibliografische Information der Deutschen Nationalbibliothek: Die Deutsche Nationalbibliothek verzeichnet diese Publikation in der Deutschen Nationalbibliografie; detaillierte bibliografische Daten sind im Internet über http://dnb.dnb.de abrufbar.
Die automatisierte Analyse des Werkes, um daraus Informationen insbesondere über Muster, Trends und Korrelationen gemäß §44b UrhG („Text und Data Mining") zu gewinnen, ist untersagt.

Lektorat & Korrektorat: Deutsches Lektorenbüro, Würzburg
Cover: Janet Levrel

Verlag: BoD · Books on Demand GmbH, In de Tarpen 42, 22848 Norderstedt, bod@bod.de

Druck: Libri Plureos GmbH, Friedensallee 273, 22763 Hamburg

ISBN: 978-3-8370-9534-0

Inhaltsverzeichnis

»Da merkte ich, dass es nichts Besseres dabei gibt, als fröhlich sein und sich gütlich tun in seinem Leben. Denn ein Mensch, der da isst und trinkt und hat guten Mut bei all seinem Mühen ...«

Prediger 3:12–13

Zum Geleit

In diesem Band finden sich Texte vieler Genres, die von den wirklich wichtigen Dingen im Leben handeln – oder diese Dinge drehen sich um das, was manche für wichtig halten. Wie dem auch sei, was immer man für wichtig, richtig wichtig und unverzichtbar hält – ohne Essen und Trinken geht es nicht, wie unscheinbar und nebensächlich es auch schon mal behandelt wird oder daherkommt. Ein Thema, das so notwendig ist wie der tägliche Gang zur Toilette, dem sogar vorausgehen muss, aber hoffentlich mit etwas mehr der angenehmen Würze und erquicklicher Aromen – zumindest sollte dies so sein.

Die romantische Vorstellung, dass man von Luft und Liebe leben kann, zerplatzt schneller als eine Seifenblase, wenn der Durst ruft, der Magen rebelliert und nicht zuletzt das Gehirn nach Energie schreit.

Der erste Gedanke war, ausschließlich und intensiv das Thema Essen und Trinken literarisch zu betrachten, aber hier und jetzt begeben wir uns nicht direkt auf eine kulinarische Odyssee, eben auf eine Reise, die nicht nur auf die Befriedigung dieser Grundbedürfnisse, jedenfalls nicht primär und mit exaktem Fokus darauf gerichtet ist.

Es sollen vor allem andere sehr wichtige Bedürfnisse befriedigt werden: die Unterhaltung, die Freude und nicht zuletzt das Lachen.

Denn wer weiß es nicht, dass der Versuch der Nahrungsaufnahme mehr Drama und Komik enthalten kann als die neueste Netflix-Serie? Dass Kochen, Essen und Genießen – selbst wenn ihnen lediglich eine Nebenrolle zugewiesen wird – zu epischen Abenteuern führen können oder diese begleitend stützen.

Betrachten wir also amüsiert und mit einem leicht zynischen Augenzwinkern die Welt der Ernährung, das Beschaffen und Herstellen der Nahrung und die Essenstrends. Denn während einige vielleicht behaupten, von Wasser, Brot und Luft zu leben, wissen wir alle, dass die eigentliche Party erst bei einem üppigen Festmahl beginnt. Und vergessen wir nicht die Skurrilitäten, die sich in dieser schmackhaften Welt abspielen können – vom Versuch, den Sonntag mit einem gemütlichen Frühstück zu beginnen, bis zur Verzweiflung, in einer vegetarischen Welt sein Lieblingsessen zu finden.

Auch wenn man sich in einem Moment am oberen Ende der Nahrungskette wähnt, wird einem bald klar, dass man in Wirklichkeit nur ein winziger Teil dieses endlosen Kreislaufs ist – und dass der gesunde Lifestyle vielleicht nicht immer vor den Tücken eines plötzlichen Gelüsts oder einer verlockenden Süßigkeit schützt.

In diesem Sinne: Guten Appetit – oder um mit Mark Twain zu sprechen:

> »Die einzige Methode, gesund zu bleiben, besteht darin, das zu essen, was man nicht mag; das zu trinken, was man verabscheut; und das zu tun, was man lieber nicht täte.«

Ich wünsche allen Leserinnen und Lesern gute Unterhaltung und viel Spaß mit meinen Texten – möge der Humor mit euch sein!

Peter Faszbender

Rezeptionsästhetische Werkbetrachtung
Beschreibung, Analyse, Evaluation

Ein wildes Arrangement goldgelber kantiger Elemente, wie zufällig hingeworfen auf den unschuldig schneeweißen Untergrund.

Die Disharmonie der wirren Stapelung wird durchbrochen von zwei ebenmäßig und gerade aufgetragenen Reihen glänzenden Materials – die eine elfenbeinfarbig, die andere blutrot –, welche sich erhaben über dem goldenen Berg erheben, ihn nach oben abschließen, ihn bekrönen, die Verbindung zum Himmel suchend. Auch wenn die Expansion über der weißen Basis in ihrer physischen Ausdehnung eher bescheiden erscheint, so ist doch die Anmutung des Monumentalen, der alpine Anklang nicht zu übersehen.

Wie unprätentiös wirkt daneben doch der eigentliche Star der Kreation. Versteckt unter einer Paste aus bis zur Unkenntlichkeit zerkleinerten und zermahlenen, ausgesuchten und hochwertigen Naturmaterialien, veredelt mit einem goldfarbenen Puder – und nicht nur in der farblichen Tönung korrespondierend mit dem nachbarlichen Berg, sondern genauso in der Zufälligkeit der Anordnung. Dies alles ist aber mehr als nur Staffage, es ergänzt das darunter befindliche Objekt, vom Routinier sofort erkannt als das Meisterstück, welches auch gut für sich alleine stehen – oder in diesem Fall liegen – könnte, hier nun gleichmäßig zerlegt und in Andeutung bzw. Nachbildung der Urform im Bogen gestückelt.

Das Odeur des Ensembles fügt der gelungenen optischen Präsentation einen weiteren Sinn bei, steigert die Begierde, deutet aber auch die Vergänglichkeit, den Verfall des Werkes an. Nicht die Ewigkeit ist hier das Ziel, vielmehr das Hier und Jetzt, die Passion des Augenblicks. Die Vereinigung von Werk und Betrachter, aus Kunst wird Sein, das tote Objekt gliedert sich ein in den Kreislauf des Lebens, wird zum Leben selbst.

Nach kurzer Auseinandersetzung mit dieser Kreation bleiben lediglich noch Spuren des Werkes auf der weißen Basis zurück. Doch es gibt Trost. Eine Hoffnung, nein, ein Wissen. Das Wissen um die fortwährende Wiederholbarkeit dieses Werkes: Currywurst mit Fritten, Ketchup und Mayo.

Aqua Vitae

»Bruder Gilbert, wie lange seid Ihr nunmehr auf der Insel?«

»Im Jahre des Herrn 1519 bin ich in Irland gelandet, in diesem Kloster lebe ich nun im fünften Sommer«, sagt Gilbert und deutet mit seiner Hand die Richtung an. »Lasst uns den Weg durch den Kreuzgang nehmen, Bruder Paul.«

»Und in den Jahren hier habt Ihr wahrlich viel erreicht. Eure Destillate werden überall gerühmt.«

»Mit unserem großen Heiligen Patrick erreichte das Wissen um die Herstellung von destillierten Essenzen Irland. Mein geringer Beitrag ist die Veredelung, der Ruhm gebührt unseren Mitbrüdern der ersten Stunde hier.« Sie betreten das Wirtschaftsgebäude der ausgedehnten Klosteranlage. »Hier, Bruder Paul, lagern die alten Weinfässer, die wir vom Kontinent erhalten. Unsere Küfer arbeiten diese auf und bereiten sie vor für das Einfüllen des Brandes. Die Aromen des Weines und des Holzes, darin liegen die Fundamente der Veredelung. Ihr wisst um die Herstellung des Brandes?«

»Ja, Bruder Gilbert, in meinem Konvent stehe ich für die Bereitung der Kräuteressenzen und Tinkturen in der Verantwortung.«

»Gut, dann wenden wir uns direkt dem gereiften Elixier zu. Folgt mir in die Kellergewölbe.«

Sie steigen die enge Wendeltreppe hinab und betreten einen großen Raum. Dessen Regale sind zum Bersten beladen mit versiegelten Flaschen.

»Setzt Euch, Bruder Paul.«

»Ist all dies hier dem Genuss bestimmt?«

»Es vermag durchaus Wohlbefinden zu erzeugen, zu heilen. Die Menge hier jedoch dient dem Genuss, wie Ihr es so profan zu nennen pflegt.«

Er öffnet eine Flasche und schenkt in zwei Gläser je einen Schluck.

»Vermag das Gottes Werk zu sein und wohlgetan für die unsterbliche Seele?«, fragt Bruder Paul.

Gilbert betrachtet den edlen Brand im Kerzenschein. »Es spiegelt das Leben. Unreif und unkultiviert kommt das Destillat in die Welt, es braucht Pflege und Erziehung. So wie der Mensch im irdischen Jammertal, bis sich das Paradies offenbart. Da liegt gewiss der Unterschied, ein Schluck Offenbarung der immerwährenden Herrlichkeit hier im Jetzt. Für den Menschen dereinst das Paradies und die ewige Glückseligkeit selbst.«

»Viele Würdenträger der heiligen Mutter Kirche stehen im Kampf gegen die berauschenden Substanzen.«

»Es steht geschrieben: ›Iss freudig dein Brot und trink vergnügt den Wein‹, Bruder Paul. Wie ein Übermaß der Medizin schädlich ist, so ist ein Zuviel des Brandes von Übel. Das richtige Maß lässt die innewohnende Spiritualität erkennen, die Verheißung des Paradieses. Die Übermäßigkeit ist die Sünde, in die uns der Satan zu treiben trachtet. Aber nun probiert, Bruder Paul.« Er schiebt das Glas näher an ihn. »Riecht Ihr das Torffeuer des Mälzens, das grüne Land, die Frische der Luft und die salzige See? Alle vier Elemente vereint im Glas. Trinkt nun, lasset die Flüssigkeit einige Augenblicke auf der Zunge wirken, gebt den Aromen Zeit.«

Schweigend vergehen die Momente.

»Wahrlich, Bruder Gilbert, das ist der in der Schrift verheißene Strom des Paradieses, das Wasser des Lebens.«

Bruder Paul setzt das Glas an die Lippen, lässt den goldenen Tropfen auf seiner Zunge zergehen und schließt die Augen, als sich die Aromen entfalten. Doch plötzlich überkommt ihn ein unbehagliches Gefühl. Der Raum scheint sich zu drehen, und die Konturen der Regale verschwimmen.

»Was … was ist das?«, murmelt er benommen, während ein kaltes Kribbeln seine Glieder durchfährt.

Bruder Gilbert lehnt sich lächelnd zurück und nimmt selbst einen tiefen Schluck. »Ah, es setzt schneller ein, als ich erwartet hatte. Seht Ihr, Bruder Paul, dieses Elixier ist nicht nur für den Genuss gedacht. Es ist ein Schlüssel.« Seine Stimme wird kälter, als er fortfährt. »Ein Schlüssel zu einer tieferen Erkenntnis, einer letzten Wahrheit. Was meint Ihr, wie wir es schaffen, dass die Brüder hier auf der Insel so friedlich und ergeben bleiben? Ein Tropfen am Tag hält den Geist gefangen … oder lässt ihn, bei Übermaß, für immer entfliehen.«

Bruder Paul starrt entsetzt auf das Glas in seiner Hand. »Ihr habt … Ihr habt mich vergiftet?«

»Nicht vergiftet, Bruder«, sagt Gilbert lächelnd, während die Wände des Kellers zu atmen scheinen, sich absonderlich verzerren. »Erleuchtet. Du wirst es bald verstehen. Sie alle verstehen es irgendwann.« Seine Stimme klingt eisig. »Der große Heilige Patrick hat uns das Destillieren gelehrt – doch was niemand weiß: Das wahre Geheimnis des Aqua Vitae liegt nicht im Leben. Es liegt im Tod, denn der Tod ist der Beginn des wahren Lebens.«

Paul versucht aufzustehen, aber seine Beine gehorchen ihm nicht. Ein lähmendes Brennen durchzieht seinen Körper, während sein Blick verschwimmt. Die Regale, einst gefüllt mit Flaschen, verwandeln sich vor seinen Augen in endlose Reihen von Schädeln, grinsend starrenden Totenköpfen. Aus den Flaschen ertönt leises Flüstern – die Stimmen der Toten, gefangen im Glas.

»Was … was habt Ihr mit mir gemacht?«, keucht Paul, doch seine Zunge fühlt sich schwer und unnatürlich an. Der Raum dreht sich, während die Schatten immer dichter werden und sich um ihn schließen.

»Für das einfache Volk ist unser Whiskey nur ein Trunk«, sagt Gilbert ruhig, »ein Mittel zum Genuss und ein Präparat gegen die Kälte. Ein Tropfen zur Freude an dunklen Tagen. Doch in unserer Hand, in der richtigen Dosis und mit den nötigen Ritualen, wird er zu etwas viel Größerem.« Er hebt sein Glas, das im Kerzenschein geheimnisvoll funkelt. »Dieses Elixier ist nicht einfach nur Whiskey. Es ist der Schlüssel zur anderen Seite. Ein paar Tropfen – und du schmeckst die Welt. Ein Schluck – und du überschreitest die Schwelle zwischen Leben und Tod. Die Schwelle zum ewigen Leben.«

Paul spürt, wie ihm die Sinne schwinden. Die Augenhöhlen der Schädel glühen jetzt, die Stimmen der Toten schwellen zu einem unheilvollen Chor an, der ihn in die Dunkelheit zieht.

»Die Leute aus dem einfachen Volk werden nie erfahren, was sie wirklich trinken. Für sie bleibt es ein bloßer Genuss, ein Labsal in ihrem elenden Leben. Doch für uns, die Eingeweihten, ist es der Übergang, Bruder Paul. Du hast genügend getrunken – und in Verbindung mit deiner über die Jahre geschulten und tief verinnerlichten Spiritualität siehst du jetzt die Wahrheit.« Gilbert beugt sich näher und flüstert: »Du gehörst nun uns, ganz und gar.«

Paul versucht zu schreien, doch sein Atem bleibt ihm im Hals stecken. Sein Körper gibt nach, er sinkt kraftlos auf den Stuhl zurück. Das Glas fällt ihm aus der Hand, und der goldene Brand rinnt über den Tisch, während Pauls Körper langsam durchscheinend wird. Sein Fleisch löst sich wie Nebel auf, es bleibt nur sein grinsender Schädel, der lautlos zu den anderen Hirnschalen schwebt. Die Mauern fügen sich wieder zu ihrer ursprünglichen, festen Form. Und Stille kehrt ein. Totenstille.

Völlig im Einklang

Die beiden Kinder stolpern über den steinigen Weg im dichten Wald, bald wird die Sonne untergegangen und die Dunkelheit über ihnen hereingebrochen sein.

»Wo sollen wir denn jetzt hin, Hans?«, fragt Greta mit zittriger Stimme.

»Den Weg weiter.«

»Der führt doch nirgendwohin.«

»Wege führen nie nirgendwohin, niemand baut einen Weg ins Nirgendwo. Ein Weg verbindet mindestens zwei Punkte, und einen davon werden wir finden«, erklärt er schroff.

»Und wann soll das sein?«, nörgelt sie.

»Gleich«, presst er heraus.

»Dacht' ich es mir doch, du hast keinen Plan, können wir ja auch gleich hier an der Stelle auf den Tod warten.«

»Was Besseres als den Tod finden wir überall«, entgegnet er barsch.

»Das fehlt jetzt noch, Zitate aus Märchen; wir sind hier im wahren Leben, Hans. Da taucht nicht plötzlich die Rettung im Wald auf.«

Er deutet auf ein Licht in der Ferne. »Voilà, zumindest schon mal eine Station auf dem Weg.«

»Pah«, grunzt sie, »purer Zufall, sonst nichts.«

»Es gibt keine Zufälle, Greta. Alles ist Teil des großen Plans«, sagt er gelassen.

»Wenn es einen großen Plan gibt, dann ist es bestimmt nicht deiner.«

Langsam nähern sie sich dem Häuschen.

»Was ist das denn?«, ruft Greta erstaunt aus. »Das schaut ja aus wie ein Lebkuchenhaus zu Weihnachten!«

»Was soll's?« Hans befühlt die Oberfläche der Wände. »Wohl irgendein verschrobener Architekt, der sich in der Wildnis austobt.«

Sie bricht ein Stück von der Fassade ab. »Igitt, das ist ja richtig klebrig, als wäre das richtiger Lebkuchen oder so …«

Hans reißt ein Teil von dem tief nach unten ragenden Dach ab. »Ungewöhnlich.« Er bricht es in der Mitte durch und riecht daran. »Aber wenn es hält, ist es doch eine schöne Sache.« Er klopft bekräftigend an einige Stellen der Wand.

Die Eingangstür schlägt auf. »Was ist hier los?« Eine alte Frau schaut auf die beiden Kinder. »Verdammte Bälger, habt ihr nichts Besseres zu tun, als nachts anständige Frauen zu belästigen?«

»Äh, sorry«, stammelt Hans, »wir waren, also, wir wollten …«

»Er hat sich verlaufen«, wirft Greta ein.

»Hab ich nicht!«

»Und ob!«

»Hm«, brummt die Alte. »Kommt erst mal rein und esst was, damit ihr mir nicht vom Fleisch fallt, dann sehen wir weiter. Ich habe gerade frische Lebkuchen gebacken.«

Greta schaut kritisch. »Sind da Honig und Eier drin?«

»Natürlich, mein Kind, und Nüsse.«

»Ich ernähre mich vegan«, antwortet sie.

»Und ich habe eine Nussallergie«, wirft Hans ein.

Die Frau kratzt sich am Kopf. »Ich habe Reismilch da, ich könnte euch veganen Kaiserschmarrn machen.«

»Mit Kristallzucker?«

»Selbstverständlich«, sagt die Alte und lacht. »Mit Kristall- und Puderzucker, meine Kleine.«

»Ich esse keinen Industriezucker. Das reinste Gift!«

»Davon mal abgesehen«, setzt Hans an, »Reismilch enthält oft Arsen und die Klimabilanz ist ein Graus. Methan wird freigesetzt, großer Wasserverbrauch, lange Transportwege. Haben Sie keine Hafermilch?«

»Habt ihr jetzt Hunger oder nicht?«, faucht die Alte.

Greta fixiert sie mit leicht zusammengekniffenen Augen. »Hunger schon, aber wir haben keinerlei Interesse, uns hier vergiften zu lassen.«

»Und der Planet, so insgesamt, auch nicht«, ergänzt Hans.

Wütend greift die Alte nach ihrem Stock hinter der Tür und versucht den Kindern, die schon Reiß ausgenommen haben, zu folgen. »Verdammte Bälger, verwöhnt, altklug, frech und zu nichts nutze«, ruft sie ihnen nach. Doch die beiden sind schon an der nächsten Wegbiegung, wo sie den genossenschaftlich organisierten Ökobauernhof der ganzheitlichen Waldkommune finden.

Nachdem die Hofbewohner die Eltern der beiden verständigt haben, hören sie voller Entsetzen, wie die merkwürdige alte Frau von nebenan die Kinder vergiften wollte, und stürmen wutentbrannt mit Mistgabeln und Fackeln bewaffnet zu ihrer Nachbarin.

Rot leuchtet der Himmel über dem Waldstück mit dem brennenden Lebkuchenhaus, während die Eltern die ausgebüxten Kinder Greta und Hans nach Hause fahren.

Weinprobe

»Und hier haben wir jetzt noch etwas ganz Besonderes.« Die Winzerin lässt die fast ölig wirkende goldgelbe Flüssigkeit aus der kleinen Flasche in die Gläser laufen. »Einen 2010er Domkopfgärtchen Eiswein.« Sie verteilt die Gläser, hält ihr eigenes gegen das Licht, wodurch die Farbe noch kräftiger und intensiver erstrahlt. Leuchtend goldgelbe Reflexe funkeln.

»Eiswein wird aus gefrorenen Trauben hergestellt, diese werden bis zum Hochwinter am Rebstock belassen, wodurch der Ertrag natürlich sinkt.« Über die Nase nimmt sie die Aromen auf. »Eine Fülle von Honignoten. Dazu noch karamellisierte Mandeln, eine spannende Komplexität aus Birne, Litschi und Pfirsich. Die gut eingebundene Süße kommt, trotz des hohen Alkoholgehaltes, recht leichtfüßig herüber.«

Sie nippt für einen ersten Schluck am Glas, die Menschen an den Tischen tun es ihr gleich. Ein Schmatzen und Raunen geht durch den Raum, einige notieren sich begeistert den Wein. Andere verziehen wegen der Süße das Gesicht, spülen mit Wasser nach und beschäftigen sich mit den Resten der vorher servierten Rebensäfte. Die Winzerin lächelt. »Ja, das ist geschmacklich sicher nicht für jeden etwas, aber ein rarer und kostbarer Tropfen.«

»Was kostet denn so eine Flasche?«, fragt Irene.

»Diese hier kommt auf 59 Euro.«

Irene zieht erstaunt die Augenbrauen hoch. »Das ist natürlich ein stolzer Preis für nicht mal einen halben Liter – oder, Fridolin?« Sie stupst ihren Mann an, der in sich versunken an seinem Glas nippt.

»Was ist denn?«, fragt er leicht verwirrt und gereizt.

»59 Euro für so eine kleine Flasche, was meinst du?«

Er hebt die Schultern. »Na ja«, setzt er an, »Qualität hat halt ihren Preis und man muss sich ja auch mal was gönnen.«

Irene schnaubt: »Und wie war das eben mit dem Abendessen?«

Er schaut gelangweilt in sein Glas. »Was soll da gewesen sein?«

»Du merkst das überhaupt nicht mehr, oder?«, kreischt sie auf. »›Das billige Wasser tut es doch auch für dich‹ – klingelt da was bei dir?«

»Stimmt doch, Wasser ist Wasser, das muss nicht extra aus Frankreich oder sonst woher importiert werden. Wasser von hier ist auch nachhaltiger, und die bekannten und großen Weltmarken sind doch nur Marketing-Schnickschnack«, grummelt er.

»Ach, und dein riesiges argentinisches Filet-Steak und der teure spanische Rotwein haben dann wohl entschieden zur Nachhaltigkeit beigetragen?«

Er schüttelt heftig den Kopf. »Das ist doch etwas völlig anderes, du vergleichst mal wieder Äpfel mit Birnen.«

»Man muss halt alles für sich betrachten und abschätzen. Alles über einen Kamm zu scheren, bringt niemand etwas«, versucht die Winzerin die Gemüter zu beruhigen.

»Springen Sie diesem egoistischen Geizhals etwa zur Seite?«, empört sich Irene.

»Nein, nein, ich meine ja nur so allgemein … um des lieben Friedens willen.«

»Nur zu!«, wirft Fridolin ein. »Sagen Sie dieser Furie ruhig die Meinung. Lebt jahrzehntelang auf meine Kosten und will dann noch von allem das Feinste, Edelste und Teuerste. Sie haben das schon ganz richtig erkannt.«

»Liebe Leute, ich will doch nur hier eine schöne Weinprobe friedlich durchführen und allen einen angenehmen Tag bereiten.«

Irene springt erregt auf. »Diesem Ekel den Rücken zu stärken, verschafft zumindest mir keinerlei angenehme Zeit, ganz im Gegenteil.«

Die Winzerin hebt entschuldigend die Hände. »Beruhigen Sie sich doch, gute Frau! Es gibt doch keinen Grund, hysterisch zu werden.«

Fridolin schlägt auf den Tisch. »Wie reden Sie denn mit meiner Frau? Zuerst 30 Euro von jedem abzocken, hier Ihren überteuerten Wein anpreisen und dann noch frech werden!«

Zitternd stottert die Winzerin: »Wie gesagt, ich will doch nur einen schönen Abend gestalten, mit gutem Wein, und der hat halt seinen Preis.«

»Guter Wein schon«, setzt Irene wieder ein. »Aber das hier«, sie deutet auf die dargebotenen Flaschen, »ist ja wohl alles andere als gut. Touristennepp, die Gutmütigkeit argloser Urlauber ausnutzen.«

Ein älterer Herr schlägt mit seinem Gehstock auf den Tisch, sodass einige Gläser umfallen, teils zersplittern. »Die Herrschaften haben schon recht.«

Andere aus der Gruppe stimmen lautstark zu, wieder andere ziehen Flaschen aus den Regalen und öffnen sie brachial, indem sie die Flaschenhälse abschlagen.

»Bitte, bitte, meine Damen und Herren«, startet die Winzerin einen neuerlichen Beruhigungsversuch, doch der Mob aus unzufriedenen Kunden hat jeglichen Respekt vor der Person und ihrem Eigentum verloren.

Ein drahtiger älterer Herr bastelt aus hochprozentigen Edelbränden einige Molotowcocktails und wirft sie wütend in die anderen Spirituosen. Stichflammen tauchen den Raum in ein grelles Licht. Wild geifernd treiben die Leute die Winzerin aus dem brennenden Gebäude ins Freie und binden sie mit in Streifen gerissenen Werbefahnen an einen Baum. Ein Knebel beendet ihre lautstarken Hilferufe. Grölend beobachtet die Meute das lodernd brennende Anwesen.

»Lasst die Hexe auch brennen!«, sind einzelne Stimmen zu hören.

Die eintreffende Feuerwehr und die Polizei können gerade noch verhindern, dass die Winzerin dem läuternden Feuer übergeben wird.

Die anschließenden Befragungen ergeben einhellig, dass die kriminelle Winzerin die Gruppe abgezockt, auf Übelste beschimpft und beleidigt hat. Und auf diskriminierende Weise Alte und Gebrechliche angegangen ist. Das Feuer entstand bei diesen Übergriffen, danach entlud sich, in wenigen Akten der Notwehr, die Wut der Menschen.

Der darauffolgende Prozess endet mit einer mehrjährigen Freiheitsstrafe für die Winzerin.

Die von der Presse nach dem Urteil befragten Opfer Irene und Fridolin erklären: »Die Gerechtigkeit hat ihren Lauf genommen. Das Urteil ist eine nachdrückliche Warnung an so verkommene, inhumane und kriminelle Individuen.«

Familien-Bande

In der spärlich beleuchteten Kneipe sind die Stühle an den Tischen bereits hochgestellt. Die Tür ist verschlossen, nur zwei einsame Zecher sitzen noch am Tresen und scheinen kein Heimweh zu spüren.

»Jo, eine Runde trinken wir noch.« Rudi winkt dem Mann am Zapfhahn, der umgehend das kühle Nass in die Pilstulpen laufen lässt.

»Rudi«, sagt der Mann neben ihm, »nicht, dass deine Frau gleich wieder hier auftaucht und Stress macht.« Er lässt den Rest der vorigen Runde aus dem Glas in seine Kehle laufen. »Grundsätzlich wäre mir das egal, aber wenn sie dann auch meine Frau rebellisch macht, dann geht das doch zu weit, viel zu weit.«

»Eberhard, in meinem Haus ist alles geregelt, da kannst du sicher sein. Nach dem Auftritt von Eva hier in der letzten Woche habe ich ihr mehr als deutlich gemacht, wer der Herr im Hause und wo ihr Platz in unserer Ehe ist.« Die frischen Biere werden serviert, gierig greifen die beiden Männer danach. »Die traut sich nicht mehr hierher, höchstens in meiner Begleitung, falls ich einmal Bedarf haben sollte, sie mitzunehmen.«

Eberhard wiegt den Kopf. »Tja, Rudi, ich weiß nicht. Irgendwie klingt das nicht nach Eva, zumal sie ja Firma, Haus und Geld in die Ehe eingebracht hat.« Er hebt die Schultern. »Mag sein, dass du der Herr im Hause bist, aber Eva ist die Herrin von und über allem.« Er schaut Rudi mit traurigen Augen an. »Und deine Kinder würden dich lieber heute als morgen aus dem Ort jagen. Oder noch Schlimmeres mit dir anstellen. Oder glaubst du wirklich, der

Zwischenfall bei eurer Bergtour war ein Unfall? Irgendwie erinnerst du an eine Drohne bei den Bienen: Für Nachwuchs ist gesorgt, und jetzt braucht dich niemand mehr.«

Rudi schlägt auf die Theke. »Wer glaubst du denn, wer du bist, Eberhard? Mich hier hinzustellen, als wäre ich irgendein unnützer Blödmann, der sich von seiner Frau und der Familie aushalten lässt. Wer hat denn die technischen Innovationen entwickelt und in den Betrieb eingebracht? Wer hat denn aus der kleinen veralteten Klitsche ein solides mittelständisches Unternehmen gemacht, das sich auch auf dem Weltmarkt behaupten kann?«

»Du, mein lieber Rudi. Und wer wird jetzt nicht mehr gebraucht in der Firma? Wie bei den Bienen: Der Staat ist aufgebaut und funktioniert, die Drohnen können weg.« Eberhard schlägt ihm mitleidig auf die Schulter und bestellt zwei Obstler. »Zumindest füttern sie dich weiter durch. Und wenn du es nicht übertreibst, darfst du ja auch weiter in die Kneipe.«

»Arsch!«, murmelt Rudi und trinkt den Obstler in einem Zug. »Was man sich von einem kleinen verbeamteten Sesselfurzer alles an den Kopf werfen lassen muss.« Rudi leert das Bier und bestellt noch zwei Gedecke. »Wenn hier jemand auf Kosten der Gesellschaft lebt, dann doch wohl du! Die Bauarbeiten an den neuen Werkhallen haben begonnen, alles unter meiner Leitung und Überwachung. Bald schon gibt es Hunderte neue Arbeitsplätze im Ort. Sind das die Tätigkeiten einer Drohne? Nein, sag ich dir, das ist der Job eines Herrschers, des Königs.«

»Lass gut sein, Rudi, Streit bringt doch nichts … es ist so, wie es ist. Das Leben geht weiter, und richtig Grund, uns zu beschweren, haben wir doch nun wirklich nicht. Auch wenn im Leben nicht immer alles so läuft, wie man es gerne hätte.«

Sie prosten sich zu, leeren Schnaps wie Bier und bestellen umgehend neue Gedecke. Nach einigen Wiederholungen der Prozedur verringert sich die Schlagzahl deutlich.

Der Wirt brummt: »Zapfenstreich. Das war's für heute, Jungs.« Das Begleichen der Zeche verschieben die beiden alkoholseligen

Männer auf den nächsten Tag und wanken Arm in Arm aus der Kneipe.

Der Ort ist still und menschenleer, nur ein Auto auf der anderen Straßenseite wird ab und an von der Glut einer Zigarette blass erleuchtet. Ausgiebig verabschieden sich die beiden Freunde voneinander und mühen sich, die Schritte Richtung Heimat zu finden. Nachdem sich Rudi schwankend ein Stück auf der gehweglosen Straße fortbewegt hat, nähert sich ein unbeleuchteter Wagen, beschleunigt, rammt mit Wucht den Zecher und entfernt sich zügig, ohne die Fahrt zu unterbrechen.

Rudi kann am nächsten Morgen nach der frostigen Nacht nur noch tot geborgen werden.

Nach äußerst kurzer Zeit einer sehr gefassten Trauer wird der Presse mitgeteilt: »Durch seinen Tod hat er sicherlich eine große Lücke hinterlassen, auch in dem Unternehmen seiner Frau, in das er sich im Rahmen seiner fachlichen Möglichkeiten mitunter wirksam eingebracht hat. Aber die Chefin sowie ihre Kinder sehen zuversichtlich in die Zukunft und führen das Unternehmen wie gewohnt in der familiären Tradition weiter.«

Krimifestival

»Die Podiumsdiskussion ›Perfekte Morde‹ würde mich sehr interessieren, Hubert.«

Er stöbert weiter, ohne aufzuschauen, durch das Programmheft der Veranstaltung. »Perfekte Morde gibt es nicht, Erika. Alles lässt sich aufklären.«

»Woher willst du das denn so genau wissen?«, entgegnet sie. »Oder hast du diesbezüglich schon mal Planungen angestellt?«, setzt sie lachend hinzu.

»Ab und an kommen schon mal solche Gedanken, aber es schleicht sich dann auch immer das Wissen um die Konsequenzen in die Betrachtungen ein ... und man fragt sich, welches Leid schlimmer ist.«

»Von welchem Leid faselst du da, Hubert?«

Er atmet tief ein und aus. »Vom Leid in der sogenannten Freiheit oder dem hinter Gittern.«

Erika mustert ihn argwöhnisch. »Weshalb solltest du denn eingesperrt werden?«

»Weil es halt keinen perfekten Mord gibt. Und dann fährt man eben ein, früher oder später.«

Sie schüttelt den Kopf. »Was dir so für Gedanken durchs Hirn gehen, mein Lieber. Dabei kannst du doch keiner Fliege etwas zuleide tun.«

»Ja«, seufzt er. »Ja, Erika, das Problem kommt bei allen anderen Überlegungen noch erschwerend hinzu.«

»Ich sollte nicht mit dir zu solchen Veranstaltungen gehen, kostet nur mein Geld und bringt dich auf dumme Ideen. Wir müssen dir mal wieder eine anständige Arbeit suchen. Mir die ganze Zeit auf der Tasche zu liegen, bekommt dir nicht.« Sie drückt ihm ihre Wasserflasche in die Hand. »Da, halt mal, ich muss kurz auf die Toilette.«

Sie eilt zu den Sanitärräumen. Hubert schaut ihr hinterher. Dann holt er eine kleine Pipetten-Flasche aus seinem Sakko, träufelt einige Tropfen in die Trinkflasche seiner Frau und studiert weiter das Programmheft.

Nach einer guten halben Stunde kommt Erika zurück, greift sich ihre Wasserflasche und nimmt einen kräftigen Schluck daraus.

»Puh«, stöhnt sie gestresst auf, »ist das immer eine Warterei bei den Damentoiletten.« Sie lässt sich auf ihren Stuhl nieder. »Und, Hubert, sind die trüben Gedanken verflogen?«

Er wiegt den Kopf. »Wenn man es recht bedenkt, gibt es doch das perfekte Verbrechen, beziehungsweise kann es das perfekte Verbrechen geben. Da es perfekt ist, kann man es halt nicht erkennen oder feststellen.«

Erika starrt stumm vor sich hin. Kalter Schweiß bildet sich auf ihrer Stirn. »Mir ist mal wieder nicht gut, Hubert«, sagt sie keuchend. »Ich gehe heim …«

»Soll ich dich bringen, Erika?«

»Lass mal, ist sicher nur die alte Sache, ein wenig frische Luft, etwas hinlegen und dann ist es wieder gut, wie immer halt. Kein Grund, dir auch noch den Spaß zu verderben, auch wenn du es nicht verdient hast. Es ist ja schon alles bezahlt.«

Er zieht den Autoschlüssel aus der Tasche und drückt ihn ihr in die Hand. »Dann nimm aber den Wagen.«

Sie wankt langsam aus dem Foyer in den dunklen Herbstabend, vorbei am alten Hafenbecken Richtung Parkplatz, bleibt stehen und schnappt nach Luft. Nach einigen Augenblicken macht sie sich an den steilen Aufstieg zu ihrem Auto, bricht auf halbem Weg zusammen und rollt in den Grünstreifen, wo sie leblos liegen bleibt.

Hubert beteiligt sich indes lebhaft an der Diskussion nach dem Podiumsgespräch, kauft das Buch des beteiligten Autors und kommt beim Meet and Greet mit dem Schriftsteller in einen anregenden Austausch. Er entsorgt die Trinkflasche seiner Frau in einem Papierkorb und holt sich an der gut bestückten Bar einen Single-Malt-Whisky. Den edlen Brand genießt er auf der Terrasse im Obergeschoss des Gebäudes. Ein Krankenwagen fährt gerade vom Parkplatz auf die Hauptstraße. »Gut«, murmelt er, »nicht perfekt, aber mit ein wenig Glück bin ich jetzt saturiert und frei.« Er hebt sein Glas zu einem letzten Salut für Erika.

Überkommenes

Er schlägt zwei Steine zusammen, wieder und wieder, bis erste Funken auf das trockene Stroh und die Holzspäne sprühen. Ein winziges Rauchwölkchen steigt auf, verbreitet die erste Anmutung von würzigem Lagerfeuergeruch. »Ahhhh«, stöhnt er zufrieden auf, bis der Rauch sich auflöst, wie auch das Feuer und die Glut verlöschen. »Ohhhh«, stöhnt er enttäuscht und schlägt die Steine noch wilder und kräftiger zusammen. Ein Schwall Funken ergießt sich über der vorbereiteten Feuerstelle und sehr schnell züngeln diesmal Flammen auf. Behutsam bläst er Luft auf die Glut, legt weitere Späne und kleineres Gehölz nach, bis endlich das Feuer auflodert und die weiter zügig zugeführten Äste verzehrt.

»Feuer, Feuer!«, schreit er gellend und springt entfesselt im Kreis, ein wilder Veitstanz entwickelt sich. »Cla-Rue Feuer gemacht!« Stolz trommelt er mit den Fäusten auf seiner Brust. Er beugt sich wieder hinab und pustet Luft auf die verbliebene Glut, die den Sauerstoff dankbar annimmt, hell aufleuchtet und reichlich Hitze ausstrahlt, auch auf seinen zotteligen Bart. Leicht angesengt reicht ein einsamer Funke, der sich in die Behaarung verirrt und hier wesentlich schneller als an der gewünschten Stelle ein Feuer entfacht.

»Uwaaaaahhh«, schreit Cla-Rue laut auf, schlägt auf seinen qualmenden Bart ein und kann die Flammen schließlich mit den Händen ersticken. Schwer atmend ruht er sich auf einem Stein aus und kühlt das Gesicht und die Bartreste mit einem nassen Lappen. Eilt dann aber zu seiner Feuerstelle zurück und legt jetzt größere

Holzstücke auf, die langsam zu einem kompakten heißen Haufen herunterbrennen. Mit einem flachen Stein, der an einem Stock befestigt ist, ebnet er die Glut zu einer Fläche als Auflage für das Bratgut, wedelt im Anschluss mit einer Art Lederfächer die Asche weg und holt, in ein Fell eingeschlagen, eine mächtige Masse vorbereiteter Fleischstücke herbei – bereit, in der Hitze der Feuerstelle vollendet zu werden.

»Claus-Rüdiger«, tönt eine Frauenstimme streng, »ich habe dir schon vor einer Stunde gesagt, du sollst dich fertigmachen und vernünftig anziehen!«

»Feuer! Cla-Rue muss braten!« Er deutet auf seine Kochstelle.

»Hör endlich mit diesem Cla-Rue-Blödsinn auf. Die Gäste kommen gleich und die werde ich nicht von einem Möchtegern-Wilden empfangen lassen, der im Lendenschurz durch den Garten hüpft.«

Er reckt Fleischstücke hoch in die Luft – »Essen machen!« – und springt wild um das Feuer.

»Schluss jetzt!« Ingeborg packt Claus-Rüdiger am Ohr. »Du kommst jetzt sofort mit ins Haus.« Sie zerrt ihn hinter sich her.

»Ahhhh, ahhhhh!«, schreit er auf.

Sie lässt nicht von ihm ab. »Dieses angesengte zottelige Etwas in deinem Gesicht kannst du gleich abrasieren, ich will da heute nichts mehr sehen als glatte Haut.«

Er versucht sich loszureißen, doch Ingeborg krallt sich nur fester in sein Ohr.

»Ahhhh, ahhhhh!«, schreit er erneut auf.

»Jetzt hör mal ganz genau zu, Claus-Rüdiger«, beginnt sie, ohne ihn loszulassen. »Steinzeit- oder Paleoernährung meinetwegen, mach, was du willst. Aber hier in Felle gehüllt vor der ganzen Nachbarschaft herumzuturnen, das habe ich mir lange genug angeschaut, das ist jetzt vorbei. Das Essen kannst du dir genauso gut in unserer Küche zubereiten, von mir aus auch auf dem Grill auf der Terrasse. Aber du ziehst dir Hosen und so weiter an. – Ich hoffe, wir haben uns verstanden!«

»Agrrrrrr«, grummelt er.

Sie kneift nochmals fest in sein Ohr. »Ich habe dich nicht richtig verstanden. Was willst du mir sagen?«

Schmerzhaft verzieht er das Gesicht. »Ist gut, Ingeborg«, stammelt er.

»Was ist gut, mein Lieber?«

»Duschen, rasieren, anständig anziehen … keine Lagerfeuer im Garten, kochen in der Küche oder am Grill auf der Terrasse.«

Sie grinst ihn triumphierend an. »Und wie schaut es mit dem Lendenschurz und dem anderen antiquierten Gedöns aus?«

»Kommt alles weg«, brummt er.

»Gut«, sagt sie und lässt sein Ohr los, »dann sind wir uns ja einig.«

»Blöde alte Kuh«, murmelt er leise vor sich hin.

»Was hast du gesagt, Claus-Rüdiger?«

»Alles genau so, wie du es möchtest, mein Herzblatt.«

Sie gibt ihm einen Schubs Richtung Haus. »Ja, das ist die richtige Antwort. Aber jetzt los, mach dich endlich fertig!«

Auf der Terrasse dreht er sich um und schaut auf seine Frau, zieht die an seinem Schurz befestigte Steinaxt hervor und schlägt diese gedankenverloren einige Male in seine Hand. »Heute noch nicht, aber bald … dann ist Cla-Rue wieder Herr auf seinem Areal.«

Neulich im Neolithikum

Der Uaubu, der war kerngesund,
Ein dicker Bub und kugelrund,
Er hatte Backen frisch und rot;
Die Braten aß er ohne Not.
Doch einmal fing er an zu schrein:
»Kein Fleisch? Wie? – Ich esse keinen Brei! Nein!
Ich esse diesen Brei nicht!
Nein, diesen Brei, den ess ich nicht!«

Am nächsten Tag – ja sieh nur her!
Da war er schon viel magerer.
Da fing er wieder an zu schrein:
»Ich esse keinen Brei! Nein!
Ich esse diesen Brei nicht!
Nein, diesen Brei, den ess ich nicht!«

Am dritten Tag, o weh und ach!
Wie ist der Uaubu dünn und schwach!
Doch als derselbe Brei kam herein,
Gleich fing er wieder an zu schrein:
»Ich esse keinen Brei! Nein!
Ich esse diesen Brei nicht!
Nein, diesen Brei, den ess ich nicht!«

Am vierten Tage endlich gar
Sah man, dass der Brei verändert war.
Er gärte langsam vor sich hin –
Gab 'nen berauschenden Gewinn.

Den Ältesten war sofort klar,
Zum Bleiben gut der Platz hier war.
Da blieb die Sippschaft im Revier
Und trank am Feuer fröhlich Bier!

***

An dieser Stelle ein kleiner und stiller Dank an Heinrich Hoffmann (* 13. Juni 1809 in Frankfurt am Main; † 20. September 1894 ebenda), den Autor des Buchs »Der Struwwelpeter« (Erstdruck 1845). Seine Geschichte vom Suppenkasper hat meinem Text als Inspiration und Vorlage für diese Adaption gedient, auch wenn er inhaltlich weit von Hoffmanns ursprünglichem Werk abweicht. Das Metrum des bekannten Textes aus der Kindheit hat mich jedoch inspiriert, und somit konnte kurz die »wahre Geschichte« zur Entstehung bzw. Entdeckung des Biers zu Papier gebracht werden.

Die Idee für diesen Text stammt aus einem Artikel, den ich über die Sesshaftwerdung der Jäger und Sammler in der Menschheitsgeschichte gelesen habe – also den Übergang von Nomaden zu sesshaften Ackerbauern. Während man gemeinhin annimmt, dass Menschen nach der Einführung des Getreideanbaus zufällig die Gärung von Früchten entdeckten, wurde in dem Artikel die These aufgestellt, dass die Entdeckung der Gärung zuerst stattfand und die Menschen sich daraufhin niederließen, um Alkohol herzustellen. Wenn man kurz darüber nachdenkt, klingt das tatsächlich sehr logisch.

Schleichender Tod

Sie reißt einige Tütchen mit Samen des Wunderbaums auf, streut sie in den Mörser und bearbeitet die Körner mit dem Stößel. Das entstandene Pulver mischt die Frau mit Mohnsamen, Vanillemark sowie gemahlenen Mandeln und Haselnusskernen. Vorsichtig hebt sie das Gemisch in den bereitstehenden Karamellpudding unter. Einige Brechnusssamen werden im Mixgefäß des Pürierstabes zerkleinert, in einen papierenen Teefilter gefüllt und mit dem eine Stunde lang im Perkolator gekochten Kaffee in einen großen Becher gegeben. Das Klappern einer Computertastatur dringt zu ihr.

»Du schreibst schon wieder? Dann ist der Keller also fertig?« Sie steht breitbeinig mit in die Seite gestemmten Armen in der Tür.

Er tippt seinen Satz fertig, löst den Blick vom Monitor und schaut sie an. »Fast, so gut wie, also bald.«

»Zusammengefasst: Nein, weiterhin ewige Baustelle«, faucht sie.

»Nein, Schatz, morgen wird betoniert, und dann ist Ende«, sagt er langsam und leise.

Sie schaut ihn einige Momente stumm an und sagt spitz: »Na gut, dann warten wir den morgigen Tag mal ab.«

»Ist alles bestellt, Schatz, alles bestätigt, alles wird gut. Ich kann jetzt entspannt ein paar Stunden an meinem Roman schreiben.«

»Und wie läuft es da?«

»Läuft«, brummt er.

»Alles klar mit dem Mord?«

»Was … was für ein Mord?«, stottert er.

»Wie zerstreut kann dieser Mann bloß sein«, murmelt sie resignierend, ehe sie nachfragt:»Wie kommt die Frau in dem Roman jetzt ums Leben?« Sie holt ein Schälchen und einen Kaffeebecher aus der Küche und stellt beides auf den Tisch neben den Laptop.

»Ich hatte erst an Gift gedacht …« Er schaut in das Schälchen und riecht am Inhalt. »Hast du zufällig mein Buch über die Gifte gesehen, Schatz?« Er durchwühlt die Bücherstapel auf seinem Schreibtisch.

»Ich? Was soll ich denn damit?«

»Hätte ja sein können«, knurrt er, während er erfolglos die große Regalwand durchschaut. Zurück an seinem Arbeitsplatz riecht er nochmals an dem Schälchen. »Was ist das?«

»Was soll das schon sein? Pudding natürlich.«

»Riecht aber irgendwie komisch, oder ist das der Kaffee?« Er schnuppert an dem Becher. »Riecht auch komisch, aber irgendwie anders komisch.«

»Vielleicht stimmt mit dir was nicht«, brummt sie genervt. »Das ist alles mit Liebe und Finesse zubereitet. Wenn hier etwas komisch ist oder sich so verhält, dann bist du das.« Sie stapft aus dem Raum und marschiert Richtung Bad.

Er schiebt Kaffee und Pudding auf dem Tisch möglichst weit von sich. »Soll sie ihre Experimentalgerichte doch selber saufen und fressen«, grummelt er, holt eine Tasse Milch aus der Küche und beschäftigt sich weiter intensiv mit seinem Text.

Im Bademantel und mit den Haaren unter einem Handtuch-Turban kommt sie zurück. »Was ist das denn für eine Grube im Keller?«

Ohne aufzuschauen, antwortet er: »Sind halt alles Vorbereitungen, um den Boden morgen zu betonieren.«

»Ja, sicher, aber was ist das für eine Vertiefung? Zwei Meter lang, einen Meter breit und tief?« Sie starrt in skeptisch an.

»Da hast du keine Ahnung von, das ist statisch bedingt, muss halt so sein«, sagt er, ohne den Blick vom Monitor zu lösen.

»Keine Ahnung? Ich soll davon keine Ahnung haben? Ich unterrichte Physik, falls dir das entfallen sein sollte«, schnaubt sie.

»Statik am Bau und Sachkunde in der Grundschule unterscheiden sich dann doch ein wenig, meine Teure«, erklärt er, weiter an seinem Text arbeitend.

»Ja, der Herr Autor, mal wieder Experte für alles und jedes.« Sie tippt gereizt mit dem Fuß. »Mitkommen«, befiehlt sie. »Dann erklär mir das mal direkt vor Ort und lass mich an deinem immensen Wissen teilhaben. Ich will ja schließlich nicht dumm sterben.«

Er hebt den Blick vom Laptop und grinst sie an. »Kein Problem, das mache ich doch gerne. Ich sichere noch schnell die Dateien und komme nach.«

Sie eilt in den Keller. Er steht langsam auf, nimmt den Schürhaken vom Kamin und folgt ihr lächelnd.

»Na dann, Herr Experte.« Sie deutet in die Grube. »Was und wofür soll das sein?«

»Das ist schnell erklärt«, sagt er und schlägt ihr mit voller Wucht das Eisen über den Schädel. Zügig verpackt er sie in eine robuste Baufolie, wickelt Klebeband darum und lässt das Bündel in die Grube fallen. »So, damit dürfte das wohl ausreichend erklärt sein.« Er überdeckt den Leichnam mit dem Bodenaushub und egalisiert die Fläche. »Morgen den Beton drauf, und die ewige Ruhe kann beginnen.«

Beschwingt marschiert er aus dem Keller, nimmt eine lange heiße Dusche, geht wohlig gestimmt zu seinem Arbeitsplatz und schaut auf den Pudding. Er schnappt sich die Schale. »Soll niemand sagen, dass ich das letzte Mahl meiner Frau nicht anständig zu würdigen weiß.« Gierig löffelt er den Pudding, geht in die Küche und füllt sich aus dem leicht brodelnden Perkolator einen frischen Kaffee nach, mit dem er entspannt nachspült. »Etwas außergewöhnlich, aber nicht schlecht so in der Kombi«, murmelt er anerkennend. »Aber wirklich fehlen wird mir so was sicher nicht …«

Er setzt sich wieder an seinen Laptop, wenig später verschwimmen die Buchstaben vor seinen Augen, kalter Schweiß bildet sich auf seiner Stirn und er fällt röchelnd um Atemluft ringend von seinem Stuhl.

Bodega Corazon

»Ist ja kaum zu glauben, mitten in der Stadt und dann solche moderaten Preise!« Marie legt die Weinkarte beiseite. »Nicht, dass wir es nötig hätten, aber trotzdem eine schöne Sache.«

»Zufallsfund«, wirft Gela ein. »Liegt ja zum Glück ein wenig abseits, das gewöhnliche Volk auf seinen festen und eingetretenen Pfaden hat es noch nicht entdeckt.« Sie schaut sich in dem rustikal mit dunklem Holz verkleideten Raum um, der wirkt, als wäre er schon Jahrhunderte vor dem Neubau, in dem er sich befindet, vorhanden gewesen.

»Ja, zum Glück! Mit dem Begriff Bodega können solch einfache Leute sowieso nichts anfangen. Mehr als die Bierkneipen auf Mallorca kennen die ja nicht von der spanischen Gastronomie.« Sie stöbert weiter durch das üppige Weinangebot von der Iberischen Halbinsel.

»Und das ist gut so, liebe Gela.« Marie streicht ihr freundschaftlich über die Hand. »So hat jeder seinen Ort und alle sind zufrieden, jedenfalls bildet der Plebs sich das ein.«

Marie konzentriert sich wieder auf die Getränkekarte. »Was sollen wir denn nehmen?«

»Ich denke mal, ich nehme einen Weißen, irgendwas mit Pfiff …«

»Ja, Gela, wohl das Richtige bei diesen Temperaturen.«

»Hola«, grüßt der elegant mit schwarzer Weste und Fliege gekleidete Kellner. »Haben die Damen schon gewählt?«

»Ja, mein Lieber«, beginnt Gela. »Wir wollen auf jeden Fall einen Weißwein.«

»Was mit Pfiff, also nichts Gewöhnliches«, ergänzt Marie.

Der Kellner deutet auf die Karte. »Dieser Wein ist aus Galizien, aus Albariño-Trauben. Er duftet nach Kräutern, hat balsamische Noten und die von Zitrusfrüchten. Eine mineralische und salzige Tiefe. Am Gaumen frisch und mit ausgewogener Säure, ölig, geschmeidig, mit Zitrusfrucht, wie gesagt, und lang anhaltenden Blumennoten. Lang im Abgang, edel und leicht bitter. Ein Wein wie die Landschaft, aus der er kommt, wie Galizien«, trägt er begeistert vor.

»Klingt fantastisch«, schwärmt Marie.

»Ein Kurzurlaub im Glas«, schiebt Gela lachend nach.

Der Kellner verbeugt sich leicht und schmunzelt. »Für schöne Frauen nur das Beste.«

Die beiden Frauen strahlen zurück.

»Also zwei Gläser für die Damen?«

Marie wiegt den Kopf hin und her. »Ich denke, wir nehmen eine Flasche, oder was meinst du?«

»Auf jeden Fall«, antwortet Gela. »Und noch eine große Flasche Perrier-Wasser.« Sie schlägt die Getränkekarte zu.

Der Kellner schaut ein wenig betrübt. »Wir haben Mineralwasser aus Katalonien da, aus einer ehemaligen Vulkanregion. Das beste Wasser der Welt für die schönsten Frauen! So muss das sein.«

Marie grinst. »Wenn das so sein muss, dann muss es halt so sein.«

»Mit oder ohne Gas, medium?«

»Medium«, antworten sie gleichzeitig.

»Noch eine Kleinigkeit zum Essen dazu?«

»Danke, vielleicht später«, sagt Marie freundlich.

Er nimmt die Karte auf. »Getränke kommen sofort, gracias, die Damen.«

»Wir haben zu danken, mein Lieber«, säuselt Gela.

Die Bedienung verschwindet, gefolgt von den sehnsüchtigen Blicken der beiden Frauen, in der Küche.

»Macht mir eine Flasche von dem Weißen mit dem Kräuter- und Zitronengedöns und sprudelt mir noch eine Flasche Wasser medium auf", weist der Kellner die Küchenhilfen an. „Die selbst ernannten Damen der feinen Gesellschaft dürstet nach etwas Besonderem und Außergewöhnlichem, mit Pfiff halt.«

»Könn' se haben, ganz frisch für sie kreiert.« Der Küchenhelfer füllt Wein aus einem Tetrapack in eine Flasche, träufelt mittels Pipette einige Aromen hinzu und verkorkt das Ganze, während sein Kollege aufgesprudeltes Leitungswasser abfüllt. Der Kellner steckt die beiden Flaschen in einen Sektkühler, schnappt sich je zwei edle Wein- und Wassergläser und bringt die Bestellung zu den beiden freudig wartenden Frauen. Mittels Kellnermesser öffnet er den Wein und gießt Gela und Marie einen Schluck zum Probieren ein.

»Wunderbar«, rufen sie im Chor. Die Gläser werden gefüllt.

»Wohl bekomm's«, sagt der Kellner mit einer leichten Verbeugung und entfernt sich wieder vom Tisch.

Sofort nehmen die beiden Frauen einen kräftigen Schluck.

»Göttlich«, stöhnt Marie leise auf.

»Was für Aromen«, meint Gela entzückt. »So intensiv, und auch der Duft …! Die Beschreibung war in keinem Punkt übertrieben.«

»Besser, das hier ist in allen Punkten viel besser, ein Träumchen.«

Ein alter Mann mit wildem Bart und zerschlissenem Mantel, der einen Einkaufswagen mit Tetrapack-Weinen vor sich herschiebt, schlurft behäbig am Fenster vorbei.

Gela schüttelt den Kopf. »Macht einen schon traurig, so etwas zu sehen.«

»Kein falsches Mitleid, meine Liebe. Der soll mal was leisten im Leben, dann geht es ihm auch gut.«

»Sicher, Marie, natürlich sind solche Faulpelze selber schuld, wenn sie ihr Leben verpfuschen. Aber wenn ich sehe, dass man dem Körper ein solches Gesöff zumutet und bei allem Ungemach der Gesundheit noch zusätzlich schadet, dann macht das einen schon sehr traurig.«

Marie hebt das Glas und prostet ihrem Gegenüber zu. »Du bist eine wahrlich gute Seele.«

Genüsslich leeren sie nach und nach die Flasche.

Der alte Mann schiebt den Einkaufswagen weiter zum Hintereingang der Bodega. »Eure Weinlieferung ist da, Jungs«, ruft er von draußen in die Küche.

Küchenzauber

»Wow!« Heiner passiert staunend den aus groben Natursteinen gemauerten Durchgang in die Küche. »Dein Loft, Sybille, ist ja nur vom Feinsten. Designermöbel, wohin man schaut. Und dann diese Küche ...« Mit offenem Mund sieht er sich weiter um. »Das hier hat ja mehr gekostet als mein Häuschen.«

Ein überlegenes Lächeln formt sich in ihrem Gesicht. »Na ja, Heiner«, sagt sie gespielt bescheiden, »so schlimm ist das auch nicht, es ist kein Schloss. Aber man will sich ja wohlfühlen, zudem ist es eine Investition für die Zukunft. Und Qualität ist halt das Nachhaltigste, was es gibt.«

Heiner mustert die mit Klavierlack veredelten Holzflächen, die dicken Granitarbeitsplatten und auf Hochglanz polierten Edelstahlflächen. »Viel gekocht hast du hier aber wohl noch nicht. Das ist ja alles wie neu, als wäre es gerade heute eingebaut worden.«

Mit einer großen Geste deutet sie auf die Multifunktionsküchenmaschine. »Das meiste mache ich mit diesem Prunkstück. Ohne diese Maschine wäre ich absolut verloren.« Sie streichelt sanft über das chromglänzende Gerät. »Das ist der Star in meiner Küche. Eigentlich brauche ich nur sie. Der Raum ist nur Show, damit es zum Gesamtkonzept des Lofts passt.«

»Nun ja.« Heiner streicht sich über das Kinn. »Sicher kann man sehr viel mit solchen Maschinen anstellen, aber doch nicht alles. Und wenn einem das hier«, mit einer ausgreifenden Geste dreht er sich langsam im Raum, »zur Verfügung steht, da lässt man doch die Fantasie schweifen und zaubert alles, was die Küche nur irgendwie hergibt.«

Sie hebt ein wenig lustlos die Schultern. »Ich habe dir erzählt, dass ich nicht die beste Köchin bin. Also am Herd und so. Aber mit meiner Küchenmaschine muss ich das auch nicht mehr sein. Das wenige, was sie nicht kann, brauche ich auch nicht«, behauptet Sybille trotzig.

Heiner lächelt. »Dein Reich, deine Regeln. Was zauberst du uns denn heute Feines?«

»Ravioli«, platzt es stolz aus ihr heraus.

»Ravioli? Das kann die Maschine, ganz alleine? Ohne dass du sonst noch etwas machen musst?«

»Sicher doch«, erwidert Sybille bestimmt.

»Na dann, da bin ich mal gespannt.«

Sybille geht zur Vorratskammer, holt eine Dose Ravioli heraus, öffnet diese und füllt den Inhalt fröhlich lächelnd in den Stahlbehälter der Küchenmaschine. Sie drückt auf dem Display den Button des Aufwärmprogramms, und ein leichtes Surren durchdringt den Raum. »In ein paar Minuten können wir essen«, flötet sie stolz.

»Ja, die Technik heutzutage vollbringt wahre Wunder«, kommentiert Heiner sarkastisch.

Sybille strahlt und schaut auf das Gerät. »Da sagst du was, Heiner, was würde ich bloß ohne sie machen.«

»Und was kochst du sonst noch Schönes?«

»Alles! Suppen, Königsberger Klopse, Kesselgulasch, Grünkohl mit Mettwurst, Rinderrouladen, Reisgerichte usw. usf. Alles, was das Herz begehrt. Die Welt ist groß und es gibt kulinarisch so vieles zu entdecken und zu kreieren.« Sie deckt an der großen Theke in der Küche ein.

Heiner geht gemächlich zum Essplatz, unterwegs wirft er einen kurzen Blick in die Vorratskammer. Dosen füllen jedes Regal. Er setzt sich auf einen der Barhocker. »Wahrlich eine Revolution in der Kulinarik! Man kann sich kaum vorstellen, wie die Menschen so etwas früher gemacht haben und zum Teil heute noch machen.«

»Ja, da hast du recht. Ich bin glücklich, ein so privilegiertes Leben führen zu dürfen.«

Mit kaum erkennbarem Kopfschütteln beginnt er stumm, die Ravioli zu verspeisen.

»Soll ich uns noch ein Dessert machen?«, fragt sie fürsorglich. »Ich habe noch einen großen Eimer Schokopudding und Sprühsahne im Kühlschrank.«

Heiner reibt sich den Bauch. »Danke, meine Liebe, das war mehr als reichlich.« Er leert das Glas Lambrusco. »Es war ein langer Tag bei mir heute, ich glaube, ich verabschiede mich jetzt. Bevor die Müdigkeit mich noch ganz übermannt.«

»Kann ich gut verstehen. Mich macht der Zauber der Kulinarik aus dieser Wundermaschine auch jedes Mal fertig und platt.«

Mit einem gequälten Lächeln und einer leichten Umarmung verabschiedet er sich.

»Beim nächsten Mal mache ich was ganz Besonderes, Heiner. Aber mehr wird heute nicht verraten«, sagt sie mit einem verschmitzten Lächeln.

Stumm verlässt er das Loft, winkt der strahlenden Sybille am Fenster kurz zu.

In dem kleinen Park setzt Heiner sich auf eine Bank, schaut den glücklichen Paaren hinterher, die durch die Anlage flanieren, und starrt in den Teich. Auf seinem Smartphone schaut er sich noch einmal sehr lange die Bilder von Sybille an, bevor er ihre Kontaktdaten löscht.

Morgenkaffee

»Da bist du ja endlich!« Berta räumt Geschirr aus der Spülmaschine in den Küchenschrank. »Du musst noch mit dem Hund raus!«

Ingo murrt nahezu unverständlich: »Ja, gleich.« Er drückt die Starttaste der Kaffeemaschine und starrt auf das Display. »Maschine heizt auf«, ist zu lesen.

»Den Müll kannst du auch gleich mit rausnehmen, Ingo.«

Er brummt missmutig vor sich hin. Die Meldung auf dem Display wechselt, nun erscheint: »Wassertank füllen!« Tief durchatmend zieht er den Wassertank aus dem Gerät, geht zur Spüle und lässt Wasser in das Gefäß laufen.

»Hast du das Auto gestern vollgetankt?«, fragt Berta. »Ich muss die Kinder noch bei meiner Mutter abholen, du kommst ja mal wieder nicht zu Potte.«

Er setzt den Tank wieder in das Gerät ein, nun erscheint auf dem Display: »Tropffang leeren!« Er zieht das Teil heraus und begibt sich wieder zur Spüle.

»Ich habe dich etwas gefragt, Ingo. Hörst du mir überhaupt zu?«

Er schüttet den Inhalt der Auffangwanne in den Ausguss. »Ich habe zu tun, wie du siehst, Berta.«

»Wie, zu tun? Du stehst doch bloß die ganze Zeit im Weg herum, während ich versuche, hier den Haushalt zu regeln und alles zu erledigen.«

Nachdem die Wanne geleert und wieder eingeschoben ist, wechselt der Schriftzug in: »Kaffeesatzbehälter leeren!« Stöhnend zieht er den aus der Maschine und geht dem erteilten Befehl am Mülleimer nach.

»Also, was ist, Ingo? Hast du den Tank gefüllt?«, fragt sie schnippisch.

»Ja, du siehst doch, dass ich gerade dabei bin.«

Wütend fährt sie ihn an: »Ich meine natürlich den Tank vom Auto.«

Krachend setzt er den Kaffeesatzbehälter wieder ein. »Eins nach dem anderen, meine Liebe.«

»Komm mir bloß nicht so«, ätzt sie zurück. »Du kümmerst dich ja um sonst nichts im Haushalt, dann ist es doch wohl das Mindeste, dafür zu sorgen, dass der Tank im Auto halbwegs voll ist. Du bist ja auch die meiste Zeit mit dem Wagen unterwegs.«

Die Anzeige an der Maschine wechselt: »Kaffeebohnen nachfüllen«, ist nun zu lesen. Er greift nach der Kaffeedose und blickt in völlige Leere.

»Was ist denn nun mit dem Auto?«

»Lass mich in Ruhe«, schreit er und eilt zur Vorratskammer.

»Das könnte dir so passen, den ganzen Morgen faul im Bett herumliegen und dann hier einen auf dicke Hose machen. Aber nicht mit mir! Ich habe hier genug zu arbeiten, da muss ich deine wenigen Aufgaben nicht auch noch erledigen.«

Er durchwühlt die Regale im Vorratsraum. »Wo ist der Kaffee?«, brüllt er.

»Wo soll der schon sein?« Sie deutet auf die Einkaufsliste, die am Kühlschrank angeklemmt ist. »Da, wo du die ganzen anderen Sachen auch noch gelassen hast.« Sie lacht laut auf. »Auch Kaffee holt sich nicht von selbst.«

Wütend stürzt er auf sie zu. »Das ist kein Spaß mehr, Weib. – Wo sind die Kaffeebohnen?«

Sie drückt ihm die große Steingut-Teekanne und eine Packung Tee in die Hand. »Trink halt einen Tee, ist auch viel gesünder.«

Wutschnaubend hebt er die Kanne und schlägt auf seine Frau ein, bis die Schreie verstummen. Auf dem Boden bildet sich eine große Lache Blut, gemischt mit dem Guten-Morgen-Tee. Aufgeregt springt der kleine Cockerspaniel um Bertas Leichnam. Ingo treibt den Hund aus dem Haus auf die Straße, dann wickelt er Bertas Körper in eine Plastikplane, verzurrt sie gründlich, schleift sie zum Auto und verstaut die Leiche im Kofferraum. Blutverschmiert wie er ist, setzt er sich ans Steuer und rast durch die Stadt.

Eine Geschwindigkeitskontrolle setzt der wilden Fahrt ein jähes Ende. Bei Ingos Anblick ziehen die beiden Polizistinnen sofort ihre Dienstwaffen. »Hatten Sie einen Unfall?«, fragt eine.

Ingo runzelt die Stirn. »Ich jetzt so direkt nicht …«

Die beiden Frauen zielen auf ihn. »Und woher kommt das ganze Blut?«

»Es ist kompliziert«, antwortet Ingo geistesabwesend.

»Langsam aussteigen und die Hände auf den Wagen legen«, fordert eine Beamtin ihn auf. Ingo tut, wie ihm befohlen. Man legt ihm Handschellen an und durchsucht den Wagen, bis man im Kofferraum auf die verpackte Berta stößt.

»Was ist das?«

»Das ist kompliziert, es ist wirklich kompliziert«, brummt Ingo vor sich hin.

Mit leerem Blick sitzt er im Vernehmungsraum, die Augen auf die graue Wand gerichtet.

»Möchten Sie einen Kaffee?«, fragt der Kriminalbeamte. Wie ein Blitz durchzuckt es Ingo, und er richtet seinen bisher schlappen Oberkörper auf. »Gerne auch zwei«, sagt er mit einem Anflug von Fröhlichkeit. Nachdem er den ersten Becher zügig geleert hat, scheinen die Lebensgeister in ihn zurückzukommen.

»Nun«, sagt der Beamte, »was ist denn passiert?«

»Na ja, also zuerst war die Kaffeemaschine nicht startklar. Als ich alles geleert, aufgefüllt etc. hatte, war dann kein Kaffee mehr da, und dann ging plötzlich alles ganz schnell …«

Schokoladenfieber

Die Kinder stürmen ins Wohnzimmer, schnell schaltet die Mutter den Fernseher aus.

»So«, Annika baut sich mit vor der Brust verschränkten Armen vor den Eltern auf, »wir haben alles erledigt.«

»Genau«, legt ihr Bruder Björn nach. »Her mit der Schokolade!«

Gelassen schauen sich die Eltern auf dem Sofa an.

»Jetzt mal nicht so schnell mit den jungen Pferden, ihr beiden«, erwidert der Vater. »Komm, Saskia, schauen wir doch mal, was unsere Zwillinge so vollbracht haben in der doch sehr kurzen Zeit.« Langsam erheben sich die Eltern und gehen gemächlich zum Kinderzimmer. Die Kinder stürmen voraus.

»Da«, ruft Björn fröhlich.

»Alles super und gründlich aufgeräumt«, ergänzt Annika. »Also, her mit der Schokolade!«

»Auf den ersten Blick schaut es ja ganz gut aus.« Thomas macht einige Schritte durch den Raum. »Was meinst du, Saskia?«

»Auch wenn der erste Eindruck wichtig ist«, sagt sie mit gerunzelter Stirn, »der Teufel versteckt oft das Detail. Oder soll man besser die Teufel sagen?« Sie zieht unter dem Doppelstockbett drei Socken und zwei T-Shirts hervor.

»Ich vermute mal stark«, bemerkt Thomas, »die Sachen waren eben noch nicht unter dem Bett. Oder was habt ihr beiden zu eurer Verteidigung zu sagen?«

»Die Sachen waren noch gut«, murmelt Björn. »Also nicht so gut für den Schrank, aber zu gut für die Wäsche.«

»Drei Socken sind also noch gut«, hakt die Mutter nach. »Und die vierte? Wo ist die vierte? Im Schrank oder in der Wäsche?«

»Apropos Schrank«, wirft der Vater ein. »Da sollten wir doch auch einen Blick hineinwerfen, oder Saskia?«

»Auf jeden Fall!«

Er öffnet vorsichtig das Möbel und ein Schwall hineingeknubbelter Kleidungsstücke fällt ihm entgegen. Hämisch tönt er: »Was denn, was denn, was denn ...«

Die Eltern betrachten staunend den Berg, der sich vor dem Schrank erhebt. Die Kinder stehen mit gesenkten Köpfen daneben.

»Was hatten wir da noch vereinbart?« Saskia grinst ihren Mann an.

»Nun«, setzt er an, »bei jedem Fehlversuch geht ein Drittel von Omas Schokolade an uns.«

»Genau, so haben wir das vereinbart, Kinder.«

»Kein Grund, traurig zu sein.« Der Vater streicht ihnen über die Köpfe. »Einen Versuch habt ihr ja noch«, sagt er. »Komm, Schatz, gönnen wir uns mal eine gute und üppige Portion feinster Schokolade!«

Lachend verlassen die Eltern das Kinderzimmer.

»Ich hab dir doch gleich gesagt, das klappt nicht, nie im Leben«, schreit Annika ihren Bruder an.

»Wer kann denn ahnen, dass die den Schrank noch mal durchsuchen?«

»Und die Sachen unter dem Bett?«

Björn stöhnt: »Wie oft soll ich es denn noch sagen? Die Klamotten waren noch gut!«

»Dann häng sie zumindest vernünftig auf, das wird ja nicht zu viel verlangt sein«, ätzt Annika.

»Dein Herumgenörgele bringt uns jetzt auch nicht weiter. Wenn du Ordnung halten würdest, hätten wir die Probleme überhaupt nicht.«

»Ich soll Ordnung halten?«, schnaubt Annika. »Wer lässt denn sein Zeug immer gerade da fallen und liegen, wo es ihm passt?«

»Du bist doch das Mädchen, Ordnung liegt bei euch doch im Blut, normalerweise jedenfalls.«

Sie schmeißt ihm ein Stofftier an den Kopf. »Ich will mein eigenes Zimmer. Und meine eigene Schokolade!«

»Das führt ja auch zu nichts, Annika. Wir müssen jetzt und hier die Sache gemeinsam zu einem guten Ende bringen.«

»Und wie stellt der Herr sich das so vor?«

»Ich besorge einen großen Müllsack«, sagt er bestimmt. »Da stopfen wir alles rein, was wegmuss, und das verstecken wir dann im Schuppen hinter den Winterreifen.«

Im Wohnzimmer schauen sich die Eltern die Übertragung aus dem Kinderzimmer an, aufgenommen von der dort versteckten Kamera.

»Guter Plan«, meint Thomas.

»Ja«, ergänzt Saskia, »sie lassen sich immer was Neues einfallen, unsere beiden.«

Er wälzt die Obstspieße im Schokoladenbrunnen. »Wird ihnen aber auch nichts nützen. Sollen wir sie überraschen, wenn sie das Zeug verstecken wollen, oder lieber später eine Inspektion im Schuppen durchführen?«

»Ach, unsere Kinder geben sich solch eine Mühe, da sollten wir auch eine entsprechende Portion Drama einfließen lassen.«

Sie prosten sich mit ihren Schoko-Spießen zu und verfolgen weiter die anregende Liveübertragung.

Morning has broken

Aus der Morgendämmerung heraus kämpfen sich erste Sonnen-strahlen durch die dünnen wabernden Nebelschwaden, tauchen die Waldlichtung in ein diffuses Licht und bieten ein magisch wir-kendes Spiel aus Schatten, Helligkeit und dem Gewölk zwischen den Bäumen.

Lächelnd verfolgt Jens das beginnende Naturschauspiel. »So oft wie ich das in meinem Leben auch schon erlebt habe, erleben durfte, ich kann mich einfach nicht daran satt sehen.« Er steht auf, reckt und streckt sich, inhaliert dabei tief die frische, kühle Luft. »Herrlich, einfach herrlich! Schau doch, Leo, du verpasst ein groß-artiges Spektakulum – so muss es auch am allerersten Tag gewe-sen sein.«

Aus dem Mumienschlafsack neben ihm kommt dumpfes, un-verständliches Gebrabbel. »Du willst wohl erst mal nur die Ge-räusche der Natur erleben, stimmt's, Leo? Das verstehe ich gut. Wie sinnlich, bei geschlossenen Augen die akustische Vielfalt pur auf sich einwirken zu lassen ...«

Jens setzt Wasser auf dem Esbit-Kocher auf, das schnell zum Sieden kommt und bereit ist, das Instant-Kaffeepulver aufzuneh-men. »Kaffee ist fertig«, ruft er munter Richtung Schlafsack, aus dem nur missmutiges Brummen als Antwort hervorquillt.

»Ja, du hast recht, Leo. Wie wundervoll und angenehm ist es doch, in Ruhe und Frieden in den jungen Morgen zu dämmern. Die frische Energie quasi aufzusaugen, ohne störende Geräusche und Reize die unverfälschte reine Natur zu erleben. Ja, mein Lie-ber, kann es etwas Schöneres geben?«

Der Schlafsack samt Inhalt bleibt indes reglos und stumm.

Jens reißt eine Packung mit Brot auf, bestreicht die Scheiben akribisch und akkurat mit Leberwurst und Schmelzkäse, setzt sich unter einen Baum und labt sich genüsslich. »Was für ein Luxus, sich hier in diesem paradiesischen Idyll an seinem köstlichen Frühstück zu erfreuen.«

Er rüttelt leicht am Nachtlager seines Nebenmannes. »Soll ich dir auch was schmieren, Leo?«

»Ich schmier dir gleich eine, wenn du mit deinem Gelaber nicht sofort aufhörst«, antwortet der grantig.

Jens zieht lächelnd die Schultern hoch und pfeift laut das Lied »Morning has broken«.

»Schnauze«, schreit Leo.

Das Pfeifen beendet Jens umgehend. Aber er summt den Song weiter – sonor und durchdringend.

Wild fluchend befreit Leo seinen Oberkörper aus dem Schlafsack. »Muss dieser Radau sein, mitten in der Nacht? Müssen wir nicht schon früh genug aufstehen, du Schwachkopf? Alle anderen pennen noch, nur der Herr meint, die Sonne begrüßen zu müssen. Wenn du nicht schlafen kannst oder magst, dann geh meinetwegen den Eichhörnchen auf den Sack.«

»Ja.« Jens deutet auf einen mächtigen Baum. »Da trollen sich sogar zwei Stück von den niedlichen Kerlchen, was für ein wundervoller Morgen.«

Mühselig zieht Leo seine Beine aus dem Schlafsack und streift seine Stiefel über.

Jens füllt sogleich einen Becher mit Kaffee, drückt ihn seinem Kameraden in die Hand und macht rasch eine paar Brote fertig. »Willst du einen Obstsalat dazu, Leo?«

»Bloß nicht …«

»Frischer Kaffee, Brot mit Wurst und Käse und etwas Obst – das ist die beste Grundlage für den Start in einen guten und erfolgreichen Tag.« Jens hält ihm lächelnd die Portionspackung Obstsalat unter die Nase.

»Tu das widerliche Zeug weg!« Leo nimmt einen kräftigen Schluck Kaffee. »Bah, was für ein Gesöff! Da ist der Ekel das einzige, was wachhält.« Er schüttelt sich kräftig und übergibt den Rest des Heißgetränkes der Flora.

»Na na, mein Freund, das meinst du doch nicht so.« Jens hält ihm die Brote hin. »Wenn du was Gutes und Nahrhaftes im Magen hast, sieht die Welt direkt wieder rosig aus.«

Missmutig nimmt Leo das Schnittchen, beißt hinein und verzieht das Gesicht. »So viel Hunger kann kein Mensch haben, um so etwas genießen zu können.«

Jens lacht. »Wohl etwas muffelig am Morgen, kleiner Griesgram?« Herzhaft beißt er in sein Brot und schlürft zufrieden seinen Kaffee. »Was für ein Genuss an diesem herrlichen Tag!«

»Jetzt hör mal ganz genau zu, du Clown: Es ist scheißkalt, scheißnass und scheißfrüh. Mit deiner scheißguten Laune gehst du mir voll auf den Senkel, genauso mit dem Fraß aus den Verpflegungspaketen. Aber der allergrößte Scheiß ist, dass ich mich von dir habe überreden lassen, diesen scheißfreiwilligen Wehrdienst zu leisten.«

Jens deutet lächelnd auf eine kleine Blumenwiese. »Schau doch, die Buschwindröschen! Ist das nicht erhebend? Die Wohlgestalt der Natur übertrifft alles, selbst Salomon in all seiner Pracht war nicht schöner als sie. Da geht einem doch das Herz auf.«

»Genau«, schreit Leo, »genau darauf scheiß ich auch.« Er holt eine Rolle Klopapier aus dem Rucksack, schnappt sich seinen Klappspaten und marschiert zeternd zu den Röschen.

Verfehlte Dichtung

»Zwei Kühe steh'n auf einer Wiese
Der Tau bedeckt das satte Grün
Es sind Berta und die Luise …«

»Was erzählst du denn da für einen Quatsch?«, fragt Rudi kopf-schüttelnd.

»Ein Gedicht.« Wilma hält ihm die Zeitschrift hin.

»Wer veröffentlicht denn so einen Unsinn?«

»Das ist der Gewinner eines Lyrikwettbewerbs der AFZ.«

Er schaut sie fragend an. »AFZ?«

»Allgemeine Fleischer Zeitung.« Sie zeigt ihm das Titelblatt.

»Eine ziemlich romantische Sicht, die sich die Fleischer da zu eigen machen.«

»Wieso?«

Rudi erhebt sich von der Picknickdecke und macht eine ausla-dende Geste auf die umgebende Landschaft. »Schau dir das alles genau, ganz genau an.«

Wilma blickt auf die kraftvoll grünen Wiesen, die blühenden Wildblumen, auf Hummeln und Bienen, die von Blüte zu Blüte eilen. Die vor Vitalität strotzenden Bäume, auf einem Ast ein lau-ernder Bussard. Über ihnen die Schäfchenwolken am strahlend blauen Himmel. Das Klopfen eines Spechts schallt durch die Luft.

Sie streicht mit der Hand durch das Gras, spürt die Feuchte der Nacht, die den Kampf gegen die Sonne noch nicht verloren hat. Der Feldweg, der wohl seit Urzeiten zum nächsten Dorf führt. Die platt gedrückte Spur in der Wiese, die ein Bauer vor Kurzem mit seinem Trecker hinterlassen haben muss. Sie saugt ihre Lungen tief mit der Luft voll, riecht das Gras, die Blüten, die wilden Kräuter. »Schön hier, und?«

Er sieht ihr tief in die Augen. »Du hast es dir wirklich genau angeschaut?«

»Ja.«

Er dreht sich mit ausgebreiteten Armen um die eigene Achse. »Alles, ganz genau?«

»Ja doch!«, presst sie heraus.

»Und, was hast du nicht gesehen, Wilma?«

»Halt das, was nicht hier ist.«

»Richtig!«, sagt er grinsend. »Und was ist nicht hier?«

»Soll ich das jetzt etwa alles aufzählen?«, fragt sie leicht gereizt. »Rudi, hör mit diesen Ratespielchen auf und sag doch einfach, was dir wieder im Kopf herumgeht.«

»Kühe.«

»Wie, Kühe?«

»Hier auf der Wiese sind keine Kühe, weder die Berta noch die Luise. Die gibt es hier nur in einer Form.« Er lüftet den Deckel einer Kunststoffschüssel auf der Picknickdecke und klatscht einen schwer mit Mayonnaise durchmischten Haufen Rindfleischsalat auf einen Pappteller. Das Fett glänzt majestätisch in der Sonne, ein Gürkchenwürfel purzelt von dem Berg, gefolgt von einem Zwiebelstückchen, nacheinander kommen beide auf einer Eierscheibe zum Liegen. Er drückt Wilma den Teller in die Hand.

»Das ist die wahre Fleischerpoesie. Mahlzeit!«

Der König

Dieser trübe, kalte und nasse Tag lädt wirklich nicht zum Lustwandeln im Park ein. Also erst einmal drinnen ein heimeliges und gemütliches Plätzchen suchen und sich dort niederlassen für eine geraume Zeit.

Immer und überall die moderne und funktionale Möblierung, wo ist der fürstlich-imperiale Schick der vergangenen Jahrhunderte geblieben? Nun, zumindest hat die Polsterung eine Anmutung von Purpur, und wenn eine Sache ihren Zweck erfüllt, ist dies ja vom Grunde her nicht schlecht. Aber jetzt zuvorderst entspannt die Weltpresse durchschauen, soweit man dies im Moment entspannt tun kann.

Nach einem glücklichen Land schaut das hier nicht wirklich aus, jedenfalls wenn man das hier alles liest. Und wenn man sich die Bediensteten anschaut, nett und freundlich schon, professionell sicher, aber auch glücklich? Und das Volk? Genauso unzufrieden wie immer, ob Herrscher oder Parlament, dem Volke kann man es sowieso nicht recht machen.

Überall Krisen und Katastrophen, überall Politiker, die sich streiten, was jetzt richtig sein soll, nicht handeln, erst mal streiten – aber was hilft das den Menschen? Demokratie lebt natürlich auch vom Spannungsverhältnis und den Gegensätzen unter Parteien und Politikern, aber manchmal muss halt direkt gehandelt werden, ohne Diskussionen und Meinungsaustausch. Können Krisen nicht besser von einer zentralen, übergestellten Person mit weitreichenden Vollmachten gemeistert werden? Von einem gütigen Hegemonen? Natürlich haben über die Jahrtausende der

Menschheitsgeschichte viele Fürsten und Despoten versagt und unendliches Leid über ihr Volk und andere Völker gebracht, aber viele haben auch gerecht regiert und ihren Staat vorangebracht. Und die Weiterentwicklungen in Kultur, Technik, Wissenschaft usw. zeigen doch, dass es auch nicht so falsch gewesen sein muss, wie es damals lief. Und letztlich schauen doch alle, wie demokratisch oder republikanisch man sich auch immer gibt, auf die Königs- und Fürstenhäuser. Und die gute alte Zeit verbindet sich doch sicherlich nicht mit einem Parlament oder einem Präsidenten.

Ah, endlich, da kommt er ja, wurde auch langsam Zeit, also weg mit der Zeitung und mit all diesen profanen Problemen, trüben Gedanken und der tiefschürfenden Erkenntnissuche. Da kommt das Runde, worum sich die Welt, meine Welt jetzt dreht – 200 Gramm Hackfleisch, fest gepresst, medium gebraten und mit Gürkchen, Ketchup, Mayonnaise, Zwiebeln und einer raffinierten Sauce in einem leicht getoasteten Sesambrötchen serviert, dazu ein Bier. Heute ein König!

Das Gleiche in Grün

Die alten Neonröhren kämpfen brummend gegen die Dunkelheit in dem fensterlosen Raum an. Der Assistent dosiert vorsichtig Instant-Kaffeepulver eines Discounters in die bunt zusammengewürfelten Becher, und der betagte Wasserkocher müht sich derweil röchelnd, die gewünschte Temperatur zu erreichen. Nach einigen Minuten kann der Kaffee endlich aufgegossen werden, und die Tassen finden schnell den Weg zu den Abnehmern. Eine äußerst schwache Anmutung von frischem Kaffeeduft wabert kraftlos durch den Raum.

Kurt Stamm legt eine Folie auf den Tageslichtprojektor, die Anwesenden starren stumm auf die blasse Grafik. »Ja, so sieht es aus. Das sind die Absatzzahlen von 2009. Es wird wohl jeder erkennen können, wenn der Trend so anhält, ist das die letzte Präsentation der Zahlen.«

Die Frauen und Männer am Besprechungstisch lassen die Köpfe hängen.

»Die Verteufelung des Analogkäses durch die Medien und in Folge durch die gesamte Öffentlichkeit verursacht einen massiven Rückgang der Verkäufe und damit der Umsätze und des Gewinns.«

Frau Niemann schlägt müde auf den Tisch. »Wir haben nur das eine Produkt, wenn das nicht mehr nachgefragt wird, war's das für unser Unternehmen. Wir haben nicht die Skills, um richtigen Käse herzustellen. Selbst wenn wir eine solche Produktion aufbauen könnten, wären die Preise bei den Vorleistungen, die wir dafür aufrufen müssten, bar jeder Realität.«

Stamm lässt sich auf seinen Stuhl fallen. »Ihr meint also, wir sollten Schluss machen? Schluss machen, bevor wir noch mehr Geld verbrennen?«

Er blickt erwartungsvoll in die Runde.

Die Köpfe sinken noch tiefer.

»Oder ...«, kommt ein dünnes Stimmchen von ganz hinten. Stamm schaut auf die Auszubildende. »Was, oder?«

Ihre Wangen laufen leicht rot an. »Wa... Warum verkaufen wir unser Produkt nicht selbst an die Geschäfte oder Endkunden und liefern nur zu?«

Die Produktionsleiterin schnaubt abfällig. »Wir liefern Grundprodukte für die Nahrungsmittelindustrie, und die kauft ihre Rohstoffe sicher nicht im Supermarkt ein. Und der Endkunde will keinen Analogkäse. Damit hat das ganze Elend ja angefangen.«

»Analogkäse nicht«, sagt die Auszubildende, »aber veganen Käse schon. Und den müssen wir ja nicht als billiges Ersatzprodukt an die Lebensmittelkonzerne verscherbeln, sondern können ihn als hochwertiges Produkt teuer an die Endverbraucher verkaufen, an Vegetarier, Veganer oder sonstige Leute, die gegen Massentierhaltung oder für Tierwohl et cetera sind. – Da kann sich das Marketing richtig austoben.«

Die Runde schaut teils verwirrt, teils interessiert drein.

»Könnte klappen«, räumt der Vertriebschef ein. »Vegetarisches ist ja schon länger ein wachsender Markt, und die vegane Ernährung wird immer mehr zum Hype. Wenn wir dann auch noch in Bioqualität fertigen, können wir den ganzen Markt abdecken.«

Stamm nickt bedächtig. »Gut.« Er wendet sich an die Auszubildende. »Ehm, Frau ... ehm ...«

»Wohlleben, Lisa Wohlleben.«

»Genau, Frau Wohlleben, dann würde ich mal sagen, tun Sie sich mit dem Vertrieb zusammen und basteln Sie ein Konzept für die Sache: schöner Slogan, nette Verpackung, frisch, jung, gesund und so weiter.«

Alle signalisieren stumm ihre Zustimmung.

»Wunderbar«, Stamm springt fröhlich auf, »dann ran ans Werk. In einer Woche setzen wir uns noch mal zusammen.«

Die Leute zerstreuen sich langsam, aber hoffnungsfroh wieder an ihre Arbeitsplätze.

Schon bald kommen die ersten Packungen der »Gourmet-Genie-ßer-Scheiben« in den Geschmacksrichtungen Gouda, Cheddar und Gruyère in die Geschäfte. Die vorwiegend in einem frischen Grün gehaltene Verpackung mit den appetitlich drapierten Scheiben darauf ist von Anfang an der Renner. Die Produktion läuft auf Hochtouren.

Das Produkt an sich ist wie das hergebrachte, halt nur in einem frischen Grün verpackt und unter dem neuen Label »Grüner-Himmelsacker« von der neuen Marketingleiterin Lisa Wohlleben als gesundes und nachhaltiges Produkt für eine zahlungskräftige Klientel intensiv im ganzen Land beworben.

Alles Glück dieser Erde ...

Dezent ertönt der sonore Gong durch das im Industrial Chic eingerichtete Restaurant des Vorstadthotels. Über die Lautsprecheranlage ist die Ansage einer sympathischen und freundlichen Frauenstimme zu hören:

»Bitte die Plätze wechseln.«

Jan eilt aufgeregt zu dem Tisch, an dem sich die brünette Frau befindet, die er schon am Anfang des Abends ins Auge gefasst, deren Blick er immer wieder gesucht hat. Mit Neid und Eifersucht schaute er auf ihre anderen Gesprächspartner, konnte sich kaum auf die Frauen konzentrieren, die sich mühten, eine Unterhaltung mit ihm in Gang zu bringen. Doch jetzt kann er endlich zu ihr. Mit eleganter Lässigkeit will er sich ihr gegenüber auf dem Stuhl niederlassen, stößt dabei aber gegen die Tischplatte, sodass der dort befindliche Aperol Spritz ins Wanken gerät.

»Tschuldigung«, presst er leicht errötend heraus, stellt seinen Gin Tonic ab und setzt sich gefasst, gerade und aufrecht hin.

Sie lächelt charmant. »Nichts passiert. – Jan«, liest sie das etwas schräg angebrachte Namensschild an seinem hellblauen Oxfordhemd.

Er streckt ihr entschlossen die Hand entgegen. »Schön, dich zu sehen, ehm, äh ...«

Sie tippt auf ihr Namensschild. »Cecilia«, sagt sie und ergreift seine Hand.

»Ja, ehm, danke. Schön, dich zu sehen, Cecilia«, sagt er leicht verlegen, aber bestimmt.

Er drückt die zarte Hand der Frau.

»Kräftiger Händedruck, machst du Kraftsport? Ich finde es toll, wenn man den Körper, den Tempel, den einem das Leben geschenkt hat, in Schuss hält.« Sie lässt ihn los, streicht dabei mit ihrem Daumen sanft über seinen Handrücken. Ein wohliger Schauer läuft Jan über die Haut.

»Ja, ein wenig, aber eher Ausgleichssport zur Arbeit, damit man sich nicht einseitig belastet.«

»Du arbeitest also eher körperlich?«

»Schon, ich bin Handwerker, den Kopf braucht man da aber auch. – Du machst aber auch einen sehr fitten Eindruck.« Er versucht, zur Seite gebeugt den ganzen Körper zu betrachten.

»Sport ist ein wichtiger Teil meines Lebens, ein anderer wichtiger Teil fehlt leider noch …«, säuselt sie.

Jan verzieht kritisch das Gesicht und betrachtet sie nochmals, soweit ihm möglich, sehr intensiv. »Wo fehlt denn noch was?« Er kratzt sich fragend am Kopf.

Cecilia lacht verschmitzt. »Der Platz an meiner Seite ist leer, viel zu lange schon …«

Seine Wangen überläuft wieder ein leichtes Rot, was er mit einem verlegenen Grinsen zu überspielen versucht. »Da könnte ich behilflich sein, sehr gerne sogar«, erwidert er in einer klangvollen dunklen Stimmlage.

»Soso, das würdest du also für mich tun? Ein richtiger Gentleman, wie mir scheint.« Der Schalk blitzt aus ihren grünen Augen. »Schauen wir aber erst mal, wie es hier weiter so läuft. Es geht ja nicht nur darum, einen Platz auszufüllen. – Was war das Peinlichste, was dir in deinem Leben bisher passiert ist?«, fragt Cecilia unvermittelt.

Jan streicht sich übers Kinn. »Ich glaube, ich warte den heutigen Abend noch ab, bevor ich antworte.«

Sie lacht laut auf. »Du bist lustig, ich mag Männer mit Witz, die sich selbst nicht ganz so ernst nehmen. Die Muskeln machen es nicht alleine aus, die wahre Stärke zeigt sich im Humor der Menschen.«

»Glaubst du an die große Liebe, die große Liebe auf den ersten Blick?«, will Jan nun leise, ein wenig stotternd wissen.

Sie beugt sich zu ihm und schaut ihm lange und tief in die Augen. »Auf jeden Fall glaube ich stark und fest an die Liebe! Und wenn sie sich zeigt, halte ich sie ganz fest und lasse nicht mehr los.« Ihre weiße Seidenbluse gibt die Sicht auf eine Schulter frei, auf der sich das Tattoo von einem Pferdekopf zeigt. Jan reißt überrascht die Augen auf, Cecilia ordnet gelassen ihre Kleidung. »Pferde sind meine Leidenschaft.«

»Meine auch«, platzt es aus ihm heraus.

»Wirklich? Nicht, dass du jetzt denkst, ich bin das verträumte und verwöhnte Mädchen, das Papi mit dem Porsche zum Reitstall gebracht hat. Es ging nie um Lifestyle. Diese Tiere waren und sind immer noch meine Passion und seit einigen Jahren auch meine Profession. Ich hatte schon viele Pferde ...« Sie schaut entrückt zur Decke.

»Ich auch, sehr viele sogar ... Bei mir ist es auch der Beruf, den ich mit sehr großer Hingabe ausfülle.«

»Nicht dein Ernst!«, wirft sie ebenso erstaunt wie fröhlich ein.

Doch das erneute Tönen des Gongs unterbricht die Unterhaltung. »Bitte die Plätze wechseln«, ist wieder zu hören.

Sie geben sich zum Abschied zärtlich die Hand. Noch lange bleiben ihre Blicke vereint, bis sie sich trennen müssen und ihre Aufmerksamkeit zum nächsten Gesprächspartner übergeht.

Die Online-Bewertungsbögen des Speeddating-Abends lassen keinen Zweifel daran, dass Cecilia und Jan das absolute Traumpaar sind. Der Veranstalter übersendet den beiden umgehend die Kontaktdaten des jeweils anderen. Somit ist der Weg frei für die große Liebe zwischen der veganen Tierschützerin und Gnadenhofbetreiberin Cecilia und dem Pferdemetzger Jan.

Mörderische Serie

»Lass uns gehen«, nörgelt die junge Frau. »Gleich wird es dunkel.«

»Hast du Angst vor der Dunkelheit, Silke, oder vor mir?«

»Bilde dir bloß nichts ein! Mit so was wie dir werde ich problemlos fertig.«

»Ja klar«, sagt Jörg gereizt, »die starke Frau spielen wollen und dann Angst im Dunkeln haben.«

Erste Nebelschwaden wabern in die Flusssenke der Au.

»Bei den vielen ungeklärten Morden in der letzten Zeit kann einem schon mulmig werden.«

Jörg lacht laut auf. »Ich werde dich schon beschützen vor dem bösen Mann.«

Silke boxt ihm leicht gegen den Oberarm. »Ja, ein Hänfling wie du wird die Mordserie beenden, ganz bestimmt.«

Das Abendrot vergeht zügig und das Schwarz der Nacht setzt sich langsam, aber unerbittlich durch.

»Einen Kuss noch, Silke. Die Stadt ist nicht weit, der Weg ist gut ausgeleuchtet und hier ist nirgendwo etwas – nichts, was einem Angst machen muss.«

»Na gut, einen Kuss noch.« Sie wendet sich zu ihm und streichelt zärtlich seine Wange, als es im dichten Nebel unversehens raschelt und knackt. Die Geräusche nähern sich rasch und kommen ohne Umweg auf die beiden zu. Bleich vor Schreck umklammern sie sich fest.

Nur kurz schallen zwei verzweifelte Schreie durch das Gemenge aus Dunkelheit und Nebel.

Die Mittagssonne wirft ihr gleißendes Licht auf ein Bild des Grauens. Kommissar Krieber schaut zusammen mit dem Rechtsmediziner Ortel auf die beiden völlig entstellten Leichen.

»Todesursache wie gehabt, Ortel?«

»Ja, soweit auf den ersten Blick feststellbar. Zerquetscht, oder besser gesagt: zermalmt. Eine Straßenwalze würde nicht mehr Schaden anrichten an und in einem menschlichen Körper.«

»Und die andere Sache?«

Der Rechtsmediziner deutet auf die Schmiere, die sich auf den Leichenteilen befindet. »Scheint auch in diesem Fall so zu sein. Muss natürlich noch im Labor analysiert werden, aber gehen wir jetzt und hier mal vom Wahrscheinlichsten aus.«

Kommissar Krieber dreht sich angewidert von den Opfern weg. »Was für ein krankes Hirn macht so etwas? Wie pervers muss ein Mensch hierfür sein? Als wäre Mord nicht schon krank und pervers genug, muss er seine Opfer auch noch mit Kartoffelmasse einschmieren?« Er zieht kräftig an seiner E-Zigarette und bläst eine dicke aromatische Wolke in die Luft. »Haben die Kollegen hier wenigstens weitere Spuren gefunden?«

Ortel schüttelt den Kopf. »Bis auf die Schmierage offensichtlich nichts. Nach der Obduktion kann ich mehr sagen.«

»Okay«, ruft der Kommissar zu den Beamten am Tatort, »wenn alles so weit erledigt ist, dann schafft die Opfer in die Rechtsmedizin. Hier ist dann erst mal Feierabend.«

»Herr Krieber?«

»Ja.«

»Möller-Schmitt mein Name, vom Tagblatt. War das wieder der Serientäter?«

»Wahrscheinlich ja«, presst Krieber heraus. »Wir müssen natürlich die Obduktion und die sonstigen Spurenauswertungen noch abwarten, einen Trittbrettfahrer kann man ja nie ausschließen. Aber es deutet alles auf eine Tat nach dem bekannten Muster hin.«

Der Reporter notiert das Statement. »Wie wollen Sie die völlig verängstigte Bevölkerung vor dieser Bestie schützen? Gibt es einen Plan?«

Der Kommissar lässt ein wenig den Kopf hängen. »Früher oder später macht jeder Täter einen Fehler, bis dahin muss die Bevölkerung vorsichtig sein und in den Wohngebieten bleiben. Alle Taten sind ja im Wald oder auf angrenzenden unbewohnten Flächen geschehen. Die beiden Opfer hier hätten so vermieden werden können. Man glaubt halt immer, es trifft nur die anderen.«

»Das ist alles?«, fragt der Reporter nach. »Das ist alles, was Sie der Bevölkerung zu den Fällen mitteilen wollen?«

»Warten Sie die Pressekonferenz ab. Wenn alle Untersuchungsergebnisse vorliegen, werden wir mitteilen, was es mitzuteilen gibt. Ich muss dann jetzt auch mal weiter.«

Der Kommissar eilt zu seinem Wagen. Der Reporter packt seine Notizen weg und schießt noch einige Fotos vom Tatort.

Langsam fällt die Dunkelheit wieder auf Stadt, Forst und Land. In der Finsternis des Waldes brechen Äste, knicken Gehölze und kleine Bäume unter der schweren Last der dahinrollenden Riesenkugel. – Der Thüringer Todeskloß sucht neue Opfer.

Erlegtes

Schon beim Aufsperren der Haustür bemerkt er einen sehr ungewöhnlichen Duft im Flur. Flott wechselt er die Kleidung, schlüpft erwartungsfroh in seinen bequemen beigen Freizeitdress für den entspannten Couchabend und schnuppert intensiv Richtung Küche.

»Hmmm, Liebling. Das riecht ja mal richtig lecker hier, verführerisch wie schon lange nicht mehr.«

Das Klappern von Töpfen dringt durch das Haus. Er reibt sich die Hände und setzt sich im Esszimmer an den gedeckten Tisch.

»Als würde es mal wieder richtiges Essen geben.«

Ein abfälliges Zischen ist zu hören, begleitet vom Scheppern eines Deckels, der auf den Topf geknallt wird.

Eine gut gekühlte Flasche Bier steht schon bereit. Freudig lächelnd lässt er den Gerstensaft vorsichtig in das Glas laufen, bis sich über dem Rand eine stattliche Schaumkrone gebildet hat.

»Ein prächtiges Feierabendbier und köstlich duftendes Abendessen! Was kann ein Mann sich noch mehr wünschen vom Leben nach einem langen und harten Arbeitstag?«

»Ja«, ruft Helga aus der Küche, »so ein Job im Archiv ist kaum anders als in einem Steinbruch oder Bergwerk. Da kann der Herr froh sein, wenn er es alleine noch bis auf das Sofa schafft.«

»Nein«, brummt Oliver leise. »Nur nicht provozieren lassen, diesen Abend werde ich genießen.« Er nimmt einen kräftigen Schluck, als wolle er damit die gesamte Verdrießlichkeit der Welt hinunterspülen. Ein mächtiger Rülpser verschafft ihm Erleichterung und lässt ihn wohlig lächeln.

Helga kommt mit zwei dampfenden, üppig beladenen Tellern ins Zimmer und stellt sie auf den Esstisch.

Oliver betrachtet die Speisen, schaut kritisch die beiden gleich wirkenden Teller an und sticht mit der Gabel in den Braten. »Hm, man könnte glauben, das ist Fleisch. Diese veganen Sachen werden ja langsam täuschend echt. Also, wenn ich es nicht besser wüsste …«

Er macht sich gierig über das Abendmahl her. Helga isst langsam und genießerisch, ab und an nippt sie an ihrem Rotwein, der blutrot in dem stilvollen Glas leuchtet. Oliver schaufelt, fast ohne zu kauen, das Essen in sich hinein. »Das hat so was Spezielles und Eigenwilliges …«, er schaut grübelnd zur Decke. »Wie eine Mischung aus Rind und Wildbret.« Er lächelt ihr zu. »Und das ist jetzt Tofu, Seitan oder so was?«

Ohne von ihrem Teller aufzuschauen, sagt sie: »Nein, das ist Fleisch.«

Oliver starrt sie an. »Du ernährst dich nicht mehr vegan? Die radikale Gegnerin von tierischen Produkten, die jedem ihren Willen aufzwingen wollte, isst jetzt Fleisch?«

Er nimmt ein Stückchen Braten in die Hand, hält es über den Boden und schnalzt mit der Zunge.

»Ich bin jetzt Jeganer«, sagt sie entspannt und genießt weiterhin achtsam ihr Mahl.

Er ruft: »Pucki? Puuucki? – Hast du den Hund schon wieder aus dem Haus geworfen?« Er schnalzt weiter einige Male und wendet sich wieder seiner Frau zu. »Jeganer, soso«, brummt er. »Was ist das denn schon wieder für ein Unsinn?«

»Man kann essen, was man selbst gejagt hat, ansonsten nur vegane Kost«, erklärt sie.

Oliver schüttelt den Kopf. »Wenn man das Einkaufen im Supermarkt als eine Jagd ansieht.« Er lacht krähend auf. »Aber wie manche Frauen sich dort aufführen, passt das dann doch schon irgendwie ganz gut.« Er hebt die Schultern. »Schön, mir soll's recht sein, endlich wieder Fleisch im Haus und auf dem Teller.«

Er leckt die Sauce vom Messer ab. »Und was war das jetzt für ein Braten?«

Sie schaut breit grinsend auf das leere Hundekörbchen. »Scheint dir richtig gut zu schmecken. Willst du noch ein Stück?«

Gierig hält er ihr den Teller entgegen. »Immer her damit, wer weiß, wie lange diese Phase bei dir anhält.«

Schnell serviert sie Oliver noch drei weitere dicke Scheiben Braten, die er schwer atmend, aber genussvoll in sich hineinstopft. Nachdem er auch diese Portion vertilgt hat, schenkt er sich einen doppelten Obstler ein, den er in einem Zug die Kehle hinunterlaufen lässt. Oliver schleppt sich zur Couch, legt sich lang und dämmert wohlig dahin.

In der Zwischenzeit schlendert Helga mit einem Spaten und einem Müllsack in den Garten und entsorgt dort Puckis Überbleibsel in einer kleinen Grube in der Kompostecke – als letzter Ruhestätte.

Misshelligkeiten

Er reibt nervös seine schwitzenden Hände. »Ja, Chef, es ist halt dumm gelaufen, so insgesamt. Ohne mich jetzt herausreden zu wollen, sollte man doch anerkennen, dass ja hier alles neu ist und ich, also wir natürlich auch – so im Ganzen betrachtet.« Er sackt auf seinem kleinen Felsbrocken weiter in sich zusammen und schaut verlegen zu Boden. Auf einem Hügel thront sein Gegenüber und lässt stumm die Augen auf ihm ruhen.

»Also, wie gesagt, Chef«, murmelt er. »Eine Verquickung unglücklicher Einzelfälle, nichts, was man überbewerten oder worüber man sich aufregen sollte. Ein einmaliger Ausnahmefall, der sich so nie wiederholen wird.«

»Wie viele Regeln habe ich euch auferlegt?«

Mit gerunzelter Stirn blickt er auf. »Also alles in allem, wenn man es summa summarum zusammenzieht und alle Kombinationen, die sich bei der Aufstellung von Normen und Grundsätzen immer ergeben, weglässt …«

»Also?«

»Nun … dann, unter den oben genannten Voraussetzungen …«

»Ja?«

»Ja dann … dann wäre es eine«, presst er gequält heraus.

Er schaut vom Hügel auf den zusammengesunkenen Mann. »Darüber sind wir uns ja dann schon mal einig. Nur eine Regel gibt es, ansonsten alle Freiheiten, von denen man träumen kann. Und was ist quasi das Erste, was ihr beiden hier anstellt? Wo ist eigentlich diese Frau?«

»Sie braucht noch ein wenig, sie hat nichts anzuziehen ...«

Er verdreht die Augen und schüttelt die weiße Wallemähne. »Was soll's?«, murmelt er, »spielt nun auch keine Rolle mehr. – Also eine Regel hattet ihr, nicht mehr. Ein einzelnes kleines Verbot, und schon daran könnt ihr euch nicht halten, versagt einfach auf ganzer Linie. Und jetzt glaubst du, ich würde die deutlich angedrohten Konsequenzen aussetzen? Die Sache einfach so vergessen?«

Der Mann lächelt verlegen. »Wäre doch mal 'ne Maßnahme bei einem einmaligen und relativ harmlosen Vergehen. Es wird ja auch nie wieder passieren, jetzt ist uns ja alles völlig klar.«

Er streicht sich durch den langen weißen Bart. »Soso. Was soll denn vorher so unklar gewesen sein?«

»Nun ja«, sagt der Mann auf dem Felsen zögerlich. »Der Kollege vor Ort, wenn ich ihn mal so nennen darf, hatte uns mitgeteilt, dass das ja alles ganz anders ist beziehungsweise anders gemeint war.«

»Ich sage, was ich meine. Und ich meine, was ich sage«, dröhnt es vom Hügel. »Ich bin das Wort.«

Eine Frau schlägt sich durch das Dickicht zu den beiden. »Was ist denn hier los? Euch hört man ja durch den ganzen Wald. Nie hat man hier mal einen ruhigen Moment, wie soll man da einen klaren Gedanken fassen?« Sie nestelt an ihrem Umhang aus Farn und Blütenblättern. »Als hätte Frau nicht schon genug zu tun.«

»Sei still und setz dich«, zischt er sie an.

»Ist das alles, was du mir zu sagen hast: Sei still und setz dich?«, zischt sie zurück.

»Höre auf deinen Mann!«, donnert es vom Hügel.

»Mein Mann«, murmelt sie. »Was bleibt einem da übrig, bei der miesen Auswahl.«

»Schweig!«, dröhnt es erneut.

»Ich habe mit dem Chef schon mal kurz das unglückliche Missverständnis so weit besprochen. Und ich denke, wir sind in dieser Sache auf einem guten Weg. Es ist ja auch wirklich weiter nichts

Relevantes passiert, was eine Überreaktion in irgendeiner Weise rechtfertigen würde.«

»Ja«, wirft sie ein. »Der sitzt hier auf seinem Hügel, macht 'nen Dicken, und wir sollen den ganzen Tag nach seiner Pfeife tanzen. Und das Verbot hatte doch nur einen Zweck, uns klein und dumm zu halten. Inzwischen spielt der alte Sack hier den gütigen Wohltäter.«

»So kann man das jetzt auch nicht abschließend sehen. Die meint das nicht wirklich so, Chef. Sie ist halt etwas aufgebracht wegen der verzwickten Gesamtsituation.«

»Ich scheiß auf deine Gesamtsituation«, faucht sie. »Ihr Kerle könnt mich alle mal! Da bleibe ich doch lieber alleine und genieße mein Leben.«

Ein Blitz schlägt kurz vor den beiden in den Boden. »Schluss jetzt, ihr habt verbotenerweise den Apfel vom Baum der Erkenntnis gegessen. Damit könnte ich notfalls noch leben. Aber dass ich mir jetzt bis in alle Ewigkeit euer Geschwätz und Gezänk antue – ganz bestimmt nicht. Dafür habe ich das alles nicht geschaffen.« Er steht auf. »Michael«, ruft er laut. Umgehend erscheint der Erzengel mit seinem Flammenschwert. »Schmeiß sie raus!«

»Natürlich«, schreit sie, »noch ein Kerl. Alleine traut ihr euch ja nicht, feige Bande!«

»Wie eben schon gesagt«, druckst der Mann herum, begleitet von fahrigen Gesten. »Alles kleine, unbedeutende Missverständnisse, deren Lösung uns viel näherbringt und umso fester zusammenschweißt, Chef.« Mit einem gequälten Lächeln schaut er auf den Erzengel.

»So seht ihr Burschen aus«, zetert die Frau weiter. »Aber wenn ihr glaubt, dass ich den ganzen Tag hier lobpreise und Hosianna singe, dann habt ihr euch schwer geschnitten. Nieder mit dem Patriarchat! Nieder mit der Diktatur!«

»Michael«, sagt der Chef genervt, »mach der Sache ein Ende.«

Kritisch betrachtet das junge Paar das flammende Schwert und bleibt erstarrt stehen. Als der Erzengel ihnen die Hinterteile leicht ansengt, rennen sie schreiend davon, dicht gefolgt von Michael, der sie zielsicher zum Paradiesestor treibt.

Der Chef setzt sich wieder, schaut versonnen in den nunmehr sternklaren Nachthimmel. »Was für Irre«, murmelt er. »Sollen sie sich die Erde ruhig untertan machen. Wenn die hier alles gegen die Wand fahren, gehen sie glücklicherweise gleich mit drauf. – Jungs«, ruft er seinen Engeln zu und deutet auf einen Spiralnebel, »wir machen hier Schluss und fangen dort drüben neu an.«

Feuerzangenbowle

»Stille Nacht«, dudelt es leise durch das Esszimmer bis in die Küche. Willi stellt den großen Kochtopf auf eine Herdplatte und füllt ihn mit vier Litern Sangrita, die gluckernd aus den Tetrapacks herausplätschern. Nach einigen Minuten kämpft ein süßlich alkoholischer Duft gegen Jennys Räucherwerk mit dem weihnachtlichen Odeur an, das auf dem Esszimmertisch friedlich vor sich hin glimmt. Langsam vermischen sich die Gerüche zu einer Melange, die man am ehesten noch einem extensiven weihnachtlichen Abend auf dem Ballermann zuordnen könnte. Verschlafen taumelt Jenny durch das Esszimmer und weiter Richtung Küche. Willi ist gerade dabei, den Inhalt einer Flasche Whiskey zu temperieren. Dem Sangrita-Topf setzt er zwischendurch ein Edelstahl-Durchschlagsieb auf und füllt dort eine Packung Zuckerwürfel ein.

»Was ist denn hier schon wieder los?«, stöhnt Jenny und schaut in den Topf. »Kannst du nicht mal am Heiligen Abend mit deinem Blödsinn aufhören?«

Willi kontrolliert sorgfältig die Temperatur von Sangrita und Whiskey, damit der wertvolle Alkohol sich nicht verflüchtigt. »Das ist kein Blödsinn, das ist Feuerzangenbowle. So was macht man im Winter.«

Jenny stellt die Tasse in den Kaffeevollautomaten und drückt den Startbutton. »So was haben wir jedenfalls noch nie gemacht. Wer soll das ganze Zeug überhaupt trinken?«

»Wer schon«, knurrt Willi genervt, »wir natürlich.«

»Das alles?«

»Schau ma mal, das wird ja nicht schlecht und die Feiertage ziehen sich.«

Jenny lacht höhnisch. »Bei deinen Alkoholvorräten könnte man eher vermuten, wir werden einige Jahre belagert.«

»Kümmere du dich um das Essen«, erwidert Willi. »Und lass mich in Ruhe die Feuerzangenbowle machen.«

Demonstrativ gelassen genießt Jenny ihren Kaffee. »Den Kartoffelsalat habe ich gestern schon gemacht, der wird jetzt gut durchgezogen und richtig köstlich sein, und die Siedewürstchen brauchen nicht lange, die sind in ein paar Minuten fertig. Über die Weihnachtstage kommt noch genug Arbeit auf mich zu, da muss ich nicht auch heute so einen Zinnober anstellen wie du.«

»Das ist kein Zinnober, das ist eine gute alte deutsche Tradition.« Er tränkt vorsichtig die Zuckerwürfel mit dem heißen Whiskey.

»Wie eben schon erwähnt, mein Lieber, bei uns nicht.« Sie schaut kritisch auf Willi und seine Töpfe. »Und das da sind ja nun auch nicht die traditionellen Gerätschaften für eine Feuerzangenbowle.«

Er winkt ab. »Vom Prinzip ist das der richtige Aufbau. Man muss ja nicht alles kaufen, nur weil Industrie und Handel es anbieten.«

Jenny lacht laut auf. »Erzähl das mal deinem Werkzeugkeller.«

»Das«, stottert er, »das ist was völlig anderes. Da geht es um sicheres Arbeiten und nicht darum, ein wenig Bowle zuzubereiten.«

Der intensive Duft des heißen rauchigen Single Malt wabert schwer durch die Küche. Mit einer kleinen Edelstahlkelle schöpft er ein wenig Whiskey und zündet den edlen Brand mit einem Feuerzeug an. Eine Stichflamme schlägt aus der Kelle, die Willi vor Schreck zurückzieht und in den Topf mit dem Whiskey fallen lässt. Ein Feuerball steigt aus dem Topf hoch in den Raum, die Gardine in der Nähe fängt umgehend Feuer.

»Tu doch was!«, schreit Jenny.

Willi löst sich langsam aus der Schockstarre und reißt die brennende Gardine herunter, die auf den freistehenden Kühlschrank fällt. Mit trockenen Geschirrtüchern versucht er die Flammen auszuschlagen, diese fangen ebenfalls Feuer und der Kühlschrank gerät in Brand. Panisch versucht Willi das Feuer mit Wasser, das er in einen Messbecher abgezapft hat, mit bescheidenem Erfolg zu bekämpfen. Ein Funke lässt sich derweil auf dem mit Whiskey getränkten Zuckerberg nieder, schnell züngelt eine Flamme hervor und breitet sich über dem Zucker aus. Bald fallen erste Tropfen des entstandenen Karamells in den Sangrita. Gerade als es Willi doch noch geschafft hat, den Kühlschrank zu löschen, stürmt Jenny mit dem alten Feuerlöscher in die Küche.

»Alles erledigt, die Katastrophe habe ich abgewendet«, sagt er triumphierend.

Jenny starrt mit offenem Mund die verkohlten Reste des Kühlschranks an und kann nur noch stumm mit weit aufgerissenen Augen auf das Gerät deuten.

»Na ja, ein kleiner Kollateralschaden lässt sich nicht immer verhindern«, setzt Willi hinzu.

Jenny zieht an der Tür des Kühlschranks. Beim Öffnen poltert die Schüssel mit dem Kartoffelsalat heraus und zerbirst auf dem Boden, begleitet von Eiern, Milch, Würstchen und Gewürzgurken, die nun auf dem Boden eine ungewollte Symbiose eingehen.

Mit Tränen in den Augen betrachtet Jenny den Schlamassel.

Willi holt eine Tasse, füllt sie mit Feuerzangenbowle und trinkt vorsichtig daran. »Lecker«, ruft er aus. »Schmeckt richtig toll.« Er nimmt noch einen großen Schluck. »Nun, mit dem Essen musst du dir jetzt doch noch schnell etwas anderes einfallen lassen, wir wollen ja schließlich nach dem Mahl bescheren und dann einen gemütlichen Abend miteinander verbringen.«

Jenny zeigt auf den Boden. »Bescherung«, stammelt sie leise, »Bescherung.« Dann dreht sie sich um, schnappt den Autoschlüssel, geht zur Tür hinaus und ward nicht mehr gesehen.

Whisky-Tasting

George schaut auf den bescheidenen Inhalt in seinem Glas. »Ist das ein homöopathisches Tasting?«, ätzt er gegen den Whisky-Sommelier. »Wir sind ja nicht zum Spaß hier, und fahren wird wohl auch niemand mehr müssen. Das Glas kann man also ruhig vollmachen«, lacht er höhnisch und stürzt den Schluck hinunter.

»Das ist ein Tasting, mein Herr, kein Besäufnis. Wir bieten hier edelste schottische Brände an und führen die Menschen in die wunderbare Welt der Single-Malt-Whiskys ein«, erklärt Gottfried Sinclair-Klöberg.

»Schon klar, Junge! Aber das, was du hier ausschenkst, sind bestenfalls Geruchsproben.« Er spielt mit dem leeren Nosing-Glas. »Ein richtiger Dram schadet dem Geschmack nicht.«

Sinclair-Klöberg sammelt die benutzten Gläser ein. »Sie werden schon nicht zu kurz kommen und hoffentlich mehr mitnehmen als ein paar Schluck Whisky.« Er schaut versonnen an die Decke. »Es geht ja vor allem um den Geist, den Spirit – und dabei meine ich nicht ausschließlich den Alkohol. Whisky ist so viel mehr. Es ist Kunst, Philosophie, Poesie in flüssiger Form, wie ein goldener Sonnenstrahl an einem trüben Tag«, schwärmt er.

»Das hast du aber schön gesagt, Junge«, merkt George spöttisch an. »Letztlich schüttet man sich das Zeug aber nicht in das Glas, um über die Farbe zu referieren und Oden darüber zu verfassen. Es muss schmecken und vor allem wirken, nachhaltig wirken.«

Sinclair-Klöberg rümpft die Nase. »Ja, genau diesen Eindruck vermitteln Sie hier, und zwar äußerst nachhaltig. Vielleicht hätten

Sie Ihr Geld besser in einen Karton Korn investiert und uns hier entspannt und in Ruhe genießen lassen.«

»Was du in deiner maßlosen Arroganz übersiehst, du Aushilfs-Sommelier«, entgegnet George gelassen, »ist: dass man Korn durchaus in Richtung Whisky denken, sehen und ausbauen kann. Ein Getreidebrand, den man in einem Fass reifen lässt, kann eine Qualität bekommen, die es mit allen anderen Bränden aufnehmen kann. Auf jeden Fall immer mit dem Gesöff, das du hier als High-End-Produkte verkaufen willst.«

»Pah«, wirft Sinclair-Klöberg ein, »meine Familie brennt schon seit Jahrhunderten Whisky! Da muss ich mir über die Herstellung und die Qualität nichts von einem alten Säufer erzählen lassen.«

»Die Mitglieder deines Zweigs der Familie Sinclair sind«, sagt George leise, »als Schwarzbrenner überall bekannt. Was nicht schlimm ist, warum soll man Steuern an die englischen Besatzer in Schottland entrichten? Aber davon mal abgesehen, seid ihr nur eine Sippschaft, eine Bande von verachtenswerten, widerwärtigen Verrätern, nichts weiter. Darum will auf der Insel auch niemand euer Gebräu trinken, und ihr müsst es überall auf der Welt wie Sauerbier anpreisen, um es loszuwerden.«

Sinclair-Klöberg zieht einen Sgian dubh aus der Innentasche seines Sakkos und fuchtelt wild mit dem traditionellen schottischen Dolch herum. »Wer wagt es?«, schreit er.

Unbeeindruckt schlägt ihm George den Dolch aus der Hand und sagt ruhig und bestimmt: »Ich wage es. Ich, dein Schicksal!«

»Mein Schicksal? Was soll das heißen?«

George zieht aus seinem Rucksack die mächtige Klinge einer Lochaber-Streitaxt und schraubt achtsam den Stiel daran. Er schaut zu Sinclair-Klöberg auf. »Dein Ende, und endlich auch das Ende deines verräterischen Clans.«

Kreidebleich starrt ihn sein Gegenüber an. Mit der Axtspitze versetzt George ihm einen kräftigen Stoß in den Magen und zerlegt im Anschluss mit mächtigen Hieben den Körper in drei Teile. Nach vollbrachtem Werk wischt George entspannt und gründlich das Blut von der Axt und verstaut sie ruhig wieder im Rucksack. Er verbeugt sich tief vor den entsetzten Tasting-Teilnehmern.

»Es tut mir unendlich leid, dass ihr das hier mit ansehen musstet. Aber die Wiederherstellung der Ehre meiner Familie mit der öffentlichen Hinrichtung des letzten Sinclairs durch einen Nicolson duldete keinen Aufschub.«

Er eilt aus dem Gebäude und verschwindet in die Dunkelheit der Nacht.

So endet schließlich mit dem genauso blutigen wie unfreiwilligen Dahinscheiden von Gottfried Sinclair-Klöberg die über Jahrhunderte andauernde Fehde zwischen den Familien Sinclair und Nicolson, ausgebrochen wegen einer böswillig gelösten Verlobung im Jahre des Herrn 1542.

Kollisionen

»Was darf es sein, der Herr?« Die Bäckereifachverkäuferin lächelt ihn freundlich an.

»Vier Brötchen«, murmelt er.

»Normale?«

»Ja.«

Schnell sind die Backwaren eingetütet. »Darf es sonst noch etwas sein?«

»Danke.«

»Danke, was?«, faucht seine Frau hinter ihm.

Er dreht sich um. »Willst du noch was, Hanna?«

»Schön, der Herr bemerkt zumindest, dass ich auch noch da bin.«

»Das ist ja mal wieder nicht zu überhören«, presst er heraus.

»Wir haben noch alles da«, wirft die Verkäuferin munter ein. »Wenn es also noch was sein darf, die Dame?«

Nach einem endlos lang wirkenden Moment der Stille hakt er nach: »Und, darf es also noch was sein, die Dame?«

»Du weißt ganz genau, dass ich zum Sonntagsfrühstück Croissants esse.«

Zur Theke schauend verdreht er die Augen. »Daran soll's und wird's sicher nicht scheitern, mein Goldstück.« Er deutet auf die Croissants vom gestrigen Tag, die zum halben Preis angeboten werden. »Zwei von denen.«

»Was?«, keift es hinter ihm. »Du willst mich mit altem Backwerk abspeisen?« Sie verschränkt die Arme vor der Brust. »Alle haben mich vor dir gewarnt. Alle haben gesagt, dass du ein selbstsüchtiger, ignoranter Geizhals bist, und ich soll bloß die Finger von dir lassen!«

Er lacht. »Hättest du mal auf die gehört, dann würde ich jetzt schon längst zu Hause am Tisch sitzen, mit einer guten Tasse Kaffee und frischen, üppig belegten Brötchen.«

»Entschuldigung«, krächzt eine ältere Dame. »Vielleicht kann ich schnell meine Sachen kaufen, Sie scheinen ja noch etwas Zeit zu brauchen. Ich bin schnell fertig, ich weiß ja, was ich will.«

Hanna starrt die Frau mit zusammengekniffenen Augen an. »Hier geht es nach der Reihe, also wer zuerst kommt – und nicht, wer zuerst von uns geht.«

»Das … das ist ja eine Unverschämtheit«, ereifert sich die ältere Dame. »Was man sich hier als treue Kundin alles gefallen lassen muss!«

Die Verkäuferin legt eine Tüte auf die Theke. »Bitte, Frau Kraus, drei Brötchen. Wie immer.«

»Danke, Carmen, sehr nett. Ich habe es auch passend.« Sie kramt in ihrer Handtasche und zieht einen Geldbeutel heraus.

Hanna starrt auf die Ein- und Zwei-Cent-Stücke, die nach und nach auf die Theke purzeln. »Lassen Sie sich nicht hetzen«, sagt sie schnippisch zu der alten Frau. »Bis Sie fertig gezählt haben, gibt es das Zeug zum halben Preis.«

»Bitte, was soll das denn heißen … ehm, jetzt habe ich mich verzählt.« Sie schiebt die Münzen behutsam wieder in ihr Portemonnaie und beginnt von Neuem zu zählen.

»Carlo, tu doch was«, schreit Hanna. »Steh nicht wie immer nur dumm rum.« Sie zeigt auf die alte Frau. »Nicht mal Manns genug bist du, um mit einer solchen Mumie fertig zu werden.«

»Mumie? Die Menschen verrohen immer mehr.« Die ältere Dame schaut auf die Theke. »Mist, wieder verzählt.« Und das Prozedere beginnt von vorn.

Carlo wendet sich von dem Schauspiel ab und der Verkäuferin zu. »Ich nehme dann noch zwei frische, warme Croissants für meine schöne und geliebte Frau.«

»Geschwafel«, lässt die alte Dame fallen. »Schön und geliebt, diese Schleimereien bringen bei diesem Drachen, den Sie da haben, auch nichts mehr. Waren das jetzt …? Nein.« Sie schiebt das Geld zurück in den Geldbeutel und beginnt noch einmal.

»Machen Sie bloß so weiter, dann läuft Ihre Sanduhr noch schneller ab, alte Schachtel«, erwidert Hanna.

»Ja, alles gut«, sagt Carlo sanft. »Jetzt beruhigen wir uns mal alle, es ist Sonntag, das soll doch ein friedlicher Tag sein. Die drei Brötchen der Dame zahle ich, und alle können sich entspannen.«

Hanna tobt. »Bist du irre? Mich übersiehst du ständig und der abgetakelten Fregatte wirfst du das Geld hinterher?«

»Von wegen Fregatte!« Die Dame wirft ihr eine Hand voll Kupfermünzen ins Gesicht. »Da! Stecken Sie es sich hin, wo Sie wollen, Sie Hexe.«

Hanna schnappt die Brötchentüte der Frau und wirft sie durch die offene Tür auf den Gehweg. Die alte Dame eilt aus dem Laden. »Sie könnten eine Bessere finden, junger Mann, ganz bestimmt«, ruft sie zurück.

Carlo kann seine Frau gerade noch zurückhalten, sich auf die Dame zu stürzen. »Lass gut sein, sie ist weg, es ist vorbei.«

»Das würde dir so passen, du Schlappschwanz. Alles unter den Tisch kehren, wie immer.«

»Ich will einfach nur schnell die Sachen hier holen und in Ruhe frühstücken«, stöhnt er. »Auf jeden Fall habe ich keinen Bock, dich von der Polizeiwache abzuholen, weil du unbedarfte Rentnerinnen verprügelst.«

Sie schaut ihn giftig an. »Wenn du ein richtiger Mann wärst, müsste ich mich nicht mit solchen Subjekten anlegen. Wenn es hart auf hart kommt, stehe ich wie immer alleine da.«

»Alles ist gut, Hanna! Ich bin hier bei dir, wir haben alles bekommen, was wir brauchen, können nun friedlich gehen und den Tag genießen.«

Carlo versucht, sie in den Arm zu nehmen.

Hanna stößt ihn weg. »Komm mir bloß nicht so!«

»Was soll ich denn machen? Die alte Frau verfolgen und schlagen, damit es dir besser geht?«

Sie verschränkt erneut die Arme vor der Brust. »Wäre mal ein Anfang, jedenfalls für einen richtigen Mann.«

»So wie dein Ex, der dich regelmäßig geprügelt hat?«

Sie lässt den Kopf hängen. »Du bist keinen Deut besser, du schlägst auf meine Seele ein.«

»Das hat sich aber ganz anders angehört, als du mit blauen Flecken übersät bei mir vor der Tür standst«, sagt er mit gerunzelter Stirn. »›Ich brauche einen liebevollen, sensiblen und warmherzigen Mann‹, erinnerst du dich?«

»Ja. Und bekommen habe ich ein illoyales Scheusal.« Sie geht Richtung Ausgang. »Du wirst mich gleich nicht in der Wohnung finden, falls es dir überhaupt auffallen sollte.«

Er schaut ihr stumm hinterher.

»Machen Sie sich keine Sorgen«, sagt die Verkäuferin mit beruhigender Stimme. »Die kommt ganz bestimmt bald wieder zu Ihnen zurück.«

»Ja«, stöhnt er, »das befürchte ich auch.«

Er bezahlt die Backwarenund schlurft langsam aus der Bäckerei. Draußen bemerkt er, wie ein Stück weiter seine Frau, auf dem Bürgersteig rennend, von drei Senioren in ihren Elektromobilen verfolgt wird.

Er zuckt mit den Achseln und schlendert in die entgegengesetzte Richtung.

Hingegangen

Der stetige Ostwind, der wie ein heißer Atem seit Wochen über das verdorrte Land weht, bringt weiterhin keinerlei Abkühlung. Staub löst sich in kleinen Windhosen von der Krume, wird aufgewirbelt und verbindet sich mit der aufgeheizten Luft zu einem schwer atembaren Gemisch. Keines der wenigen verbliebenen lebensfähigen Wesen macht eine unnötige Bewegung.

Zwischen den vertrockneten und im Luftstrom knisternden Getreidepflanzen ist die dösende Löwenfamilie kaum zu erkennen, hebt sie sich farblich doch wenig von den verdorrten Pflanzen und dem knochentrockenen Boden ab. Hechelnd versuchen die Tiere, die Temperatur ihrer Körper leidlich im Rahmen zu halten, um die Hitze des Tages zu überstehen. Keine Wolke, nicht einmal ein Schleier ist am Himmel zu erspähen. Nur die Sonne steht hoch am Firmament in ihrem Zenit und brennt unerbittlich und gnadenlos auf alles unter ihr herab. Kein Schatten, der Hoffnung auf einen kühlen Platz versprechen könnte.

Die Hitze flirrt über der Ebene. Regen, Wasser, alles lechzt nach dem Saft des Lebens. Nur einige schlammige Pfützen sind von der einst mit sattem Grün umgebenen Wasserstelle übrig. Wo sich vormals das Leben tummelte, nur noch Kadaver und Skelette der verendeten Tierwelt. Alles fügt sich zu einem Bild, das wie ein Nachruf auf das Dasein, auf die vitale Vergangenheit, erscheint.

Tiere, die auf einer frischen grünen Wiese stehen – das war einmal. Szenen aus vergangenen Tagen. Nun liegen sie – den Löwen schwer im Magen.

Rock'n'Grill

Rußend und röchelnd schiebt sich der zum Festivalmobil umgebaute alte Diesel-Laster Richtung neues Öko-Viertel.

»Wir müssen jetzt eigentlich geradeaus«, brummelt Konni, streicht über seinen langen grauen Bart und schaut dabei fragend in alle Richtungen.

»Nur zu«, sagt Frieka müde und streckt sich nach seinem Nickerchen.

»Da ist aber keine Straße.«

Frieka blinzelt schläfrig unter dem Schirm seiner Kappe durch die Frontscheiben. »So'n Quatsch, da stehen doch Häuser, dann muss es auch Straßen geben.«

»Dann mach doch mal richtig die Augen auf, du Blödmann.«

Frieka zieht das Basecap hoch und starrt auf die Einfamilienhäuser hinter einem breiten Grünstreifen. »Da geht es nicht weiter.«

Konni schlägt ihm die Kappe vom Kopf. »Tolle Erkenntnis, was würden wir ohne deine blitzschnelle Auffassungsgabe bloß anstellen!«

»Genau! Gut, dass ich jetzt wach bin, fahr mal ein Stück außenrum.«

»Welche Richtung?«

»Am besten rechts, oder links …«

Konni schaut grimmig auf ihn. »Na, ganz lieben Dank für die klaren Anweisungen.«

Frieka lehnt sich lächelnd zurück. »Du wolltest unbedingt fahren, du hast also das Steuer, dann bestimm auch die Richtung.«

Schweigend lenkt Konni den Wagen um das Wohngebiet, bis er zu einem Parkplatz kommt. Er liest das große Schild: »Autofreies Wohngebiet Zukunft. Von hier ab bitte nur ohne Verbrennungsmotor.« Vor der Infotafel stehen einige Elektroroller, die man mieten kann.

»Vielleicht können wir den Kasten Bier mit einem Roller transportieren«, überlegt Frieka laut.

»Wo wohnt denn Keule jetzt genau?«

Frieka schaut auf sein Smartphone. »Also Luftlinie sind es noch so circa 300 Meter.«

»Na, das werden wir ja noch so schaffen«, meint Konni, holt den Kasten aus dem Wagen und packt eine Kühltasche obendrauf. Die beiden wohluntersetzten Männer nehmen das Bier in die Mitte und wandern gemächlich in das Wohngebiet. Frieka navigiert sie über die wasserdurchlässigen begrünten Trassen, die in dem Gebiet als Straßen dienen. Der Weg führt entlang der Häuser, die teils mit Solaranlagen bedeckt, teils mit Gründächern ausgestattet sind.

Konni bläst die Backen auf. »Oh Gott! Wo ist Keule nur hingezogen! Die Leute hier rufen doch gleich die Bullen, wenn wir etwas Party machen.«

»Schaun ma mal, hier kommen bestimmt nur Fahrradbullen her.«

»Oder Pferdestaffeln! Die können dann direkt die Wege düngen, so im Sinne der Nachhaltigkeit.« Laut lachend marschieren sie weiter, ausgiebig und misstrauisch beobachtet von den Anwohnern.

Frieka deutet auf ein Holzhaus. »Da!«

»Was da?«

»Das da muss es sein.«

»Was?«

»Keules Haus.«

Konni schüttelt den Kopf. »Das kann doch nicht stimmen, du musst dich vertan haben.«

»Das ist die Adresse, die Keule uns mitgeteilt hat. Er wird doch wohl wissen, wo er wohnt.«

»Bisschen arg ruhig, nach Party hört sich das hier nicht an.« Konni läutet an der kleinen Bronzeglocke, die neben dem Eingang hängt.

Schnell wird die Tür geöffnet. Ein Mann in knielangen Shorts und rosarotem Poloshirt öffnet und breitet fröhlich die Arme aus. »Lieber Kornelius und lieber Karl-Friedrich. Wie schön, dass ihr es geschafft habt!«

»Nicht so förmlich, Keule«, brummt Frieka und boxt ihm freundschaftlich gegen den Oberarm. Konni tut es ihm gleich mit den Worten: »Jo, Keule.«

»Man nennt mich hier bei meinem Namen: Kai-Uwe. Es wäre schön, wenn ihr euch dahingehend anpassen könntet.«

»Easy, Keule.« Konni deutet auf den Kasten. »Wir haben auch unser altes Bier mitgebracht: Heavy-Schädelbräu. Das gibt es immer noch.«

»Und noch was für zwischen die Kiemen«, ergänzt Frieka. »Wie in alten Tagen.«

Kai-Uwe lächelt gequält. »Ja, toll. Dann kommt mal durch in den Garten zu den anderen Gästen.« Er geht voraus.

»Ziemlich leise Gäste«, flüstert Konni Frieka ins Ohr.

In dem größtenteils naturnah angelegten Garten sind einige Flächen mit niedrig wachsenden Bodendeckern bepflanzt. Dort stehen einige Menschen, die sich angeregt unterhalten, in angemessener, gedämpfter Lautstärke. An den Bäumen und Gehölzen hängen viele kleine Boxen, die die Partyflächen mit Musik in Zimmerlautstärke versorgen.

»Na, Keule«, ätzt Konni, »hier geht ja die Post ab.«

»Mal schauen, ob wir da noch mithalten können.« Frieka zieht aus der Kühltasche eine Tüte der Fleischerei Speckmanns heraus. »Wo ist denn der Grill?«

Mit gerunzelter Stirn schaut Kai-Uwe auf die Tüte. »Dort. Aber auf dem Solar-Grill machen wir nur vegane Gerichte.«

Die beiden neu angekommenen Gäste starren stumm auf das dampfende Gemüse und wollen sich erst einmal eine Flasche Bier öffnen.

»Nein, nein«, fährt Kai-Uwe dazwischen, »nicht hier. Viele der Gäste trinken keinen Alkohol, und die Kinder sollen auch nicht mit Drogen konfrontiert werden. Schnappt eure Sachen und kommt mit.«

Verdutzt und wortlos folgen die beiden dem Gastgeber, der sie hinter ein Gartenhäuschen führt.

»Hier haben wir einen geschützten Bereich eingerichtet, hier könnt ihr euer Bier trinken und der Elektrogrill ist bereit für eure mitgebrachten tierischen Produkte.« Stolz schaut Kai-Uwe auf das Gerät. »Der Grill wird mit Solarenergie von meinem Dach betrieben, also alles grün und nachhaltig. Bis gleich.« Er dreht sich noch mal um. »Ach ja, bevor ich es vergesse. Ihr könnt gerne zu uns stoßen, ist ja schließlich eine Party und da geht es ja um das Gemeinschaftserlebnis, aber bitte den Alkohol und die Tierteile hier in diesem Bereich lassen.«

Entsetzt schauen die beiden ihm nach.

»Hörst du das, Konni?«

»Was?«

»Die Musik, das ist doch Highway to Hell.«

»Und?«

»Mit deutschem Text.«

»Vielleicht gibt's den ja, früher haben die Schlagerfuzzis doch alles verwurstet.«

»Hör dir mal richtig den Refrain an.«

Beide starren auf die Boxen.

»Autobahn zur Freiheit, ohne Leid
Für Gerechtigkeit, alle sind befreit.
Autobahn zur Freiheit, voll Respekt und Liebe
Gemeinsam für die Erde
Ohne Hass und Kriege.«

»Konni, ich denke mal, wir müssen hier ein Zeichen setzen ...«
Frieka stellt den Elektrogrill auf höchste Stufe, entfernt den Rost
und schüttet aus einem neben der Hütte stehenden Korb Holz-
spielzeug auf die Heizelemente. Von dem Holzhäuschen reißt er
Bretter ab. »Du kannst auch mal anpacken, oder brauchst du vorher noch ein Stück Grill-Tofu und eine Ingwerlimonade?« Zusammen brechen sie einige Bretter durch und legen sie auf den schon
leicht rauchenden Grill.

Die Wartezeit überbrücken sie mit je zwei Flaschen Schädel-
bräu, bis endlich die Flammen hoch auflodern. Schnell ist der
Grillrost über dem Feuer aufgelegt und flugs können die blutig
gebratenen Steaks verzehrt werden, begleitet von einigen Bieren.
Frieka rülpst laut auf, leicht wie Fahrstuhlmusik schweben weiter
die Töne aus den Lautsprechern durch den Garten.

»So richtig scheint sich niemand für uns zu interessieren,
Konni.«

»Was soll's? Wir haben Bier, alles ist gut.«

»Versteckt in der letzten Ecke des Gartens, hinterm Holzhäuschen, dass wir bloß niemanden stören bei dem veganen Sommer-
Meeting. Wenn ich da an früher denke ...« Frieka schaut entrückt
in den Himmel.

»Ach, das willst du! Kommt sofort.« Konni schiebt den Grill
neben das Gartenhäuschen, die reichlich vorhandene Glut greift
schnell auf das trockene Holz über und die Hütte brennt nach wenigen Minuten lichterloh. Das geht natürlich nicht unbemerkt an
den anderen Gästen vorüber. Aufgeregt erscheint Kai-Uwe mit einem Feuerlöscher und liest intensiv die Gebrauchsanweisung darauf. Die anderen Gäste laufen aufgeregt hin und her und bringen
ihre Kinder in Sicherheit.

Konni schnappt sich die letzte Flasche Bier. »Ich glaube, die
Party ist langsam vorbei, die meisten Gäste gehen schon.« Er
schaut gelassen den panisch fliehenden Menschen hinterher.

»Jo, Konni, wenn es am schönsten ist, soll man ja schließlich
gehen. Also, jalla.«

Die beiden nehmen den Kasten mit Leergut auf. »We're on the highway to hell ...« – grölend ziehen Konni und Frieka ab. Der ihnen ohne Martinshorn entgegenkommende Löschzug der Feuerwehr versucht, einen schnellen Weg zum Feuer zu finden, gefolgt von einer Fahrradpatrouille der Polizei.

Frieka schaut auf seine Uhr. »Noch was früh am Abend, ansonsten aber wie immer.«

»Der Abend ist noch jung und es gibt noch so viel Bier auf der Welt, Frieka.«

»Jo, Companero, ab in eine gediegene Spelunke.«

Und die beiden wanken friedlich Richtung Sonnenuntergang zur nächsten Quelle.

Im Mett vereint

»Zwei Brötchen mit Schweinemett, bitte«, bestellt Emil.

Der große stämmige Mann hinter der Theke brummt: »Ham wer nich.«

Emil seufzt. »Dann halt nur 200 Gramm Schweinemett.«

»Ham wer nich«, brummt es wieder.

»Tatar?«

»Nein!«

Emil schaut sich leicht verwirrt in dem Ladenlokal um. »Aber das ist doch eine Metzgerei, oder?«

»Sicher«, sagt der Mann hinter der Theke. »Eine vegane Metzgerei. Ich könnte Ihnen unser veganes Mett ans Herz legen.«

Emil runzelt die Stirn. »Hm, ist wohl vom Tofu-Tier, was?«

»Das wird nach unserem eigenen Rezept hergestellt, aus gepopptem Reis. Täglich frisch. Deutsche Handwerkskunst!«

Emil schaut gelangweilt über die Auslage in der Kühltheke. »Ich werde mir die Sache mal durch den Kopf gehen lassen und komme dann vielleicht später darauf zurück. – Bis dann.«

»Schönen Tag noch, der Herr. Wir sind bis 19 Uhr jeden Werktag für Sie da.«

Emil wandert weiter suchend durch die Straßen und Gassen der großen Stadt.

»Darf es für Sie denn schon etwas zu trinken sein?«, wird Lisa gefragt.

Sie schaut die Speisekarte des Brauhauses durch. »Ja, gerne … und eine Kleinigkeit zu essen.« Sie deutet auf ein Gericht in der

Karte. »Vett, ist das ein Druckfehler? Das soll doch kein V sein, sondern sicher ein M für Mett.«

»Nein, nein.« Der Kellner schüttelt kräftig den Kopf. »Das ist veganes Mett, täglich frisch zubereitet von einer ortsansässigen veganen Metzgerei, also auch regional, ökologisch und somit völlig nachhaltig.«

Lisa starrt den Mann an. »Okö also – logisch.« Nachdem sie die Karte weiter überflogen hat, sagt sie: »Ich nehme dann nur das Bier.«

»Sehr gerne, die Dame.«

Das Bier ist ebenso schnell getrunken wie gezahlt, und Lisa wandert suchend durch die Straßen und Gassen der großen Stadt.

Aus unterschiedlichen Richtungen kommend, werden Lisa und Emil von dem Ort magisch angezogen. Im gleichen Augenblick treffen sie dort ein und schauen wie hypnotisiert auf die Speisekarte im Schaukasten des Gebäudes. »Schweinemettbrötchen«, sagen die beiden synchron und bemerken erst jetzt die Anwesenheit des jeweils anderen. Tief schauen sie sich in die Augen.

»Ich bin Emil.«

»Ich bin Lisa.«

»Ich liebe Schweinemett«, platzt es wieder synchron aus beiden heraus.

Emil deutet auf die Speisekarte. »Darf ich dich zu einem Mett-Igel einladen?«

Über das ganze Gesicht strahlend, nickt sie heftig mit dem Kopf. Ohne zu zögern, ergreift sie seine Hand und gemeinsam betreten sie glücklich die einladende und gastliche Lokalität.

Weitere Bücher von Peter Faszbender

Kurzgeschichtenbände

Flausereien

Unalltägliches. Humorig – schräg – böse – schwarz

ISBN 978-3-7481-0327-1

Advent, Advent ...

Im Schatten der Besinnlichkeit

ISBN 978-3-7562-5453-8

Crimedy-Trilogie mit Kommissarin Sarah Molony

Whiskey-Ballett

Kommissarin Sarah Molony ermittelt

ISBN 978-3-3471-2577-3

Patchwork-Morde

Kommissarin Molony auf falscher Fährte

ISBN 978-3-3474-6479-7

Kämpfer-Quintett

Sarah Molony samt Gefährten im Fadenkreuz

ISBN 978-3-7583-3106-0